KB062211

편순이 알바 보고서

편순이 알바 보고서

박윤우 지음

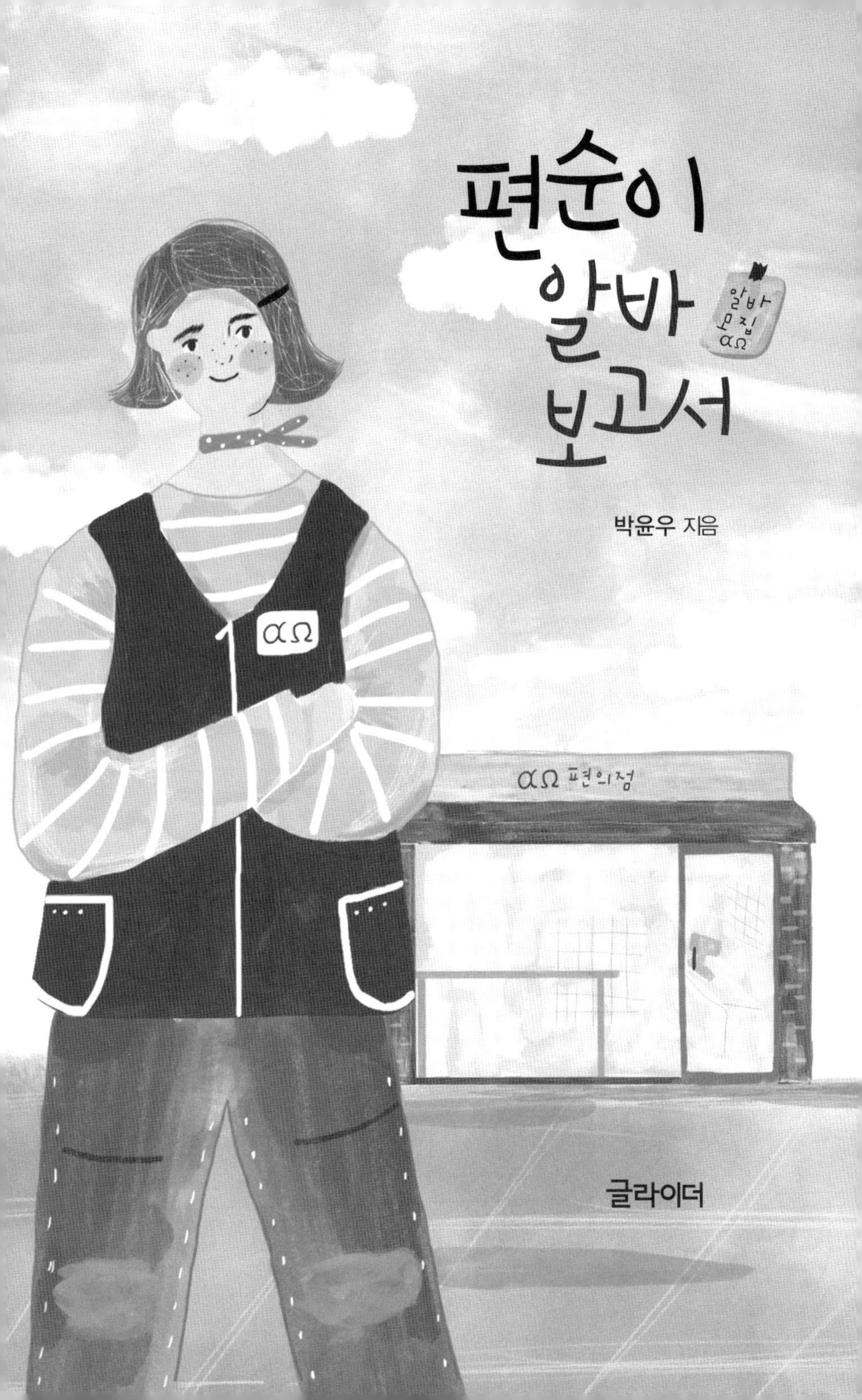

글라이더

저는 오랫동안 다양한 알바를 하면서 학창시절을 마무리했어요. 그래서인지 제겐 어린 친구들의 노동 문제가 가장 가깝고 절실한 문제입니다. 학교를 다니면서 알바 동료들과 사장님들을 가장 가까운 거리에서 만날 수 있었거든요. 일할 때 가장 힘들었던 건 두 사회의 경계에서 긴장감을 잃지 않는 것이었어요. 늘 알바 시간을 위해 달려가야 하는 처지인지라 학교 안에서도 수시로 시간을 확인해야 했고, 다른 아이들이 편히 쉬면서 이야기를 나눌 때 빨리 과제를 해결하고 자리를 떠야만 했어요. 일터에서 살아남아야만 꿈을 이룰 수 있었으므로 월급날이 되면 생리 때만큼이나 끌탕이었죠. 월급이 제대로 들어오지 않기 때문이에요. 웬일인지 알바생의 월급은 쉽게 밀리고 깎이고 심지어는 날아가 버렸어요. 사장님들은 가장 가까운 사람이기도 했지만 가장 먼 사람이기도 했지요.

몇 분과는 얼굴을 붉히며 헤어지기도 했는데요. 한 분은 어린 것이 너무 돈을 밝힌다고 비난을 하셨는데 아주 오래전 일인데도 아직도 돈 얘기가 나오면 움찔하곤 한답니다. 이런 트라우마를 벗어나기 위해서라도 저는 앞으로 좀 더 당당해져야겠다고 생각합니다.

물론 많은 사장님들이 도와주셔서 어린 목숨을 지탱하고 여기까지 왔어요. 저를 힘들게 했던 사장님들께도 이 시간을 빌어 인사를 드리고 싶어요.

사장님, 알바비 때문에 독촉하고 화를 내긴 했으나 사장님이 정말 싫었던 건 아니에요. 싫어하다니요? 함께 매장에 있을 땐 사장님이 해준 아재 개그 때문에 재밌었고, 심지어는 숙제까지 함께 해주셔서 좀 더 쉴 수도 있었는걸요. 사장님처럼 나도 커서 근사하고 멋진 매장의 점주가 되고 싶다고 생각했어요. 졸업 후 가보니 가게는 텅 비어 있었고 '임대문의' 안내문만 펄럭이고 있었어요. 근사하고 멋진 매장이 소상공인들의 피나는 노력으로 이루어진 것이라는 걸 나중에야 알게 되었지요. 텅빈 가게를 바라보며 저는 피해의식에 가득 차 원망하던 마음을 추스를 수 있었어요. 사장님을 인간적으로 이해할 수 있었거든요. 사장님이 의심의 눈초리로 바라보던 철없는 알바생이 맞았던 거예요.

이 소설을 쓰며 깨달은 건 건강한 사회 구조가 사람들의 갈등을 해결해 준다는 거였어요. 사회가 건강하지 않으면 정연처럼 정당하게 권리를 주장하는 아이들이 비웃음의 대상이 되고 말지요. 주위 사람들이 모두 혀를 찼지만 국가가 알바생들의 임금 체불 문제를 끌어안게 되자 하루아침에 해결되었잖아요? 이렇게 해결되지 않았다면 정연은 오랜 기간 무력감에 시달렸을 거예요. 이 소설을 구상하면서 저는 정연 때문에 잠을 이룰 수 없었어요. 허황된 꿈을 꾸게 할 수는 없었거든요. 뉴스에 체불 알바비를 정부에서 지급한다는 보도를 보면서 순간 망치로 머리를 맞은 듯 얼떨떨했습니다. 이 사회의 실핏줄들이 어떻게 연결되어 정책으로 엮이는지 한 방에 느낄 수 있던 거죠. 저도 그 실핏줄 중의 하나였던 거예요.

망해 가는 알파와 오메가 편의점을 영준이 새로 운영하게 되었듯, 우리 사회에도 건강하고 새로운 노동 환경이 자리잡길 기도합니다. 우리 사회의 가장 약자인 알바 학생에게 가해지는 갑질과 착취, 임금체불 등도 이제 없어지길 바랍니다.

2019년 9월
박윤우

차례

1
대타로 출근하다

정연은 편의점 조끼를 걸치고 이리저리 훑어보았다. 보풀이 잔뜩 일어나 있었다. 얼마나 많은 편돌이 편순이 선배들이 이 조끼를 입고 벗은 걸까? 계산대 밑에 에코백을 쑤셔 박으며 생각했다. 중학교 입학할 때쯤 추레한 비주얼의 삼미슈퍼가 '알파와 오메가' 편의점으로 바뀌었으니 얼추 5, 6년은 된 셈이고 알바의 근무 기간이 보통 4개월이라 하니 1년에 12명은 기본으로 들고 났다는 얘긴데 솔기마다 끼어 있는 때가 남달라 보인다.

에코백에 들어 있던 드로잉북이 앞으로 쏠리며 4B연필과 지우개가 바닥으로 툭 떨어졌다. 정연은 사모가 볼까 봐 얼른 주워 주머니에 넣었다. 드로잉북과 4B연필. 분신처럼 늘 가까이 두는 것들이다. 학교 가방과 실내화 주머니는 창고 수납장에 구겨

넣었지만, 드로잉북과 연필은 떼어놓으면 가시방석처럼 불안해 편의점까지 끌고 나온 것이었다. 아무도 관심 두지 않는 혼자만의 취미. '곧잘 그리네.' 정도의 칭찬. 멍청할 정도로 혼자 낑낑거리는 고집스러운 집착. 대타이긴 하지만 알바 첫날이고 사장 사모와 교대를 하는 마당인데도 정연은 이 가방만은 포기를 못 하고 가져왔다.

얼핏 보니 두 번째 칸에 이온 음료가 하나 놓여 있었다.

'예은이가 놔두고 간 건가?'

정연은 혹시나 하고 주위를 두리번거렸다. 예은은 지금 비행기 안에 있거나 중국을 쏘다니고 있을 것이다. 진열창 밖으로 눈에 익은 오토바이 한 대가 보였다. 어제 잠깐 인사했던 야간 편돌이 것이었다. 가죽 점퍼를 입고 다니는 그 불 밤송이 남자애. 그 애가 창밖에 웅크리고 있는 느낌이다. 알바 2년 차 고교 자퇴생이라 한다. 일단 자퇴생이라는 말에 정연은 양아치라고 마음속으로 정리해 두고 약간 거리를 두어야겠다고 생각했다. 그런데 2년 차라면 양아치치곤 한 곳에서 꽤 오래 버틴 거 같다. 거의 점장급 아닌가? 정연과 예은은 인사하는 그 애를 놔두고 눈치껏 낄낄거렸다. 하지만 그 애는 정연네 반 남학생들처럼 약간 겁먹은 듯 여자애들을 슬쩍 피하는 게 없었다. 정연의 반 남자애들은 기본적으로 여자애들을 무서워하는 소심한 애들이다. 그러므로 어제와 같은 일을 당했다면 얼굴을 붉히거나 기분 나쁜 표정을 지을 텐데, 수군거리는 정연에 아랑곳없이 얼마 후 이 편의점을 맡을 수도 있다고 큰소리를 쳐댔다.

'뭐지 저 턱없는 자신감?'

정연은 영준을 보면서 같은 반 남자애들을 떠올렸다. 특히 수행 시즌이 돌아오면 여자애들이 어떻게 숙제를 해왔는지 흘깃거리거나 저희끼리 몰려서 유치하기 짝이 없는 잡기 놀이나 하면서 쉬는 시간을 보내는 애들. 무언가 좀 어리고 도통 알 수 없는 종족들. 함께 놀기는 걸쩍지근한 먼발치의 이민족들이다.

모태솔로인 정연이 가장 이물감을 느끼는 것이 있다. 남자애들의 날숨소리다. 숨을 들이쉬고 내쉴 때마다 가는 휘파람 소리 같은 게 들리곤 한다. 그 숨소리를 듣는 순간 낯설고 거북한 느낌이 함께 몸을 뒤덮는다. 남자애들과 엮이지 않고 열여덟 해 동안 모태솔로를 유지할 수 있었던 건 이물감을 견디지 못하는 결벽증 때문이었다. 게다가 지금은 취업 잘 되는 학교에 입학하라는 부모와 자존심을 걸고 싸우는 중이다. 예술이 숨 가쁜 삶에 방해가 된다고 생각하는 부모와 도무지 말이 안 통한다고 투덜댈 수밖에 없는 처지였다. 지리멸렬한 냉전이 계속되고 있었다.

'허세가 심한 폼이 양아치가 분명해. 쉴드를 쳐야겠어!'

정연은 조끼에서 달랑거리는 '온예은'이란 명찰을 바로잡고 포스기를 열었다. 현금은 장부의 것과 일치했다. 돈 통 구석구석까지 반들반들 윤이 나게 닦은 것을 보자 자기도 모르게 휘파람이 나왔다. 옆에서 인수인계하던 사모가 슬쩍 곁눈질했다. 예은이는 정연을 대타로 꼽아놓고 중국 여행을 떠난 친구였다. 아빠 육순 기념 여행에 동행하게 되었다는 것이다. 가족끼리 육순 기념 여행이라니. 정연은 생각할수록 부러웠다. 거기에 한 가지 더 부러운 것은 예은은 아빠의 사랑을 독차지하는 막둥이 외동딸이지만 정말 악착같이 알바를 하는 애라는 것이다. 그것도 꿀알바라는 편순이 생활을 하는 거였다.

'정연아, 편순이가 다른 알바보단 쉬워. 손님이 없는 짬엔 네 시간으로 활용해서 공부해도 되고 말이야.'

다 믿을 수 있는 말은 아니지만 편의점이 다른 알바에 비해 편해 보이기는 했다. 게다가 예은은 편순이 그룹에서는 가장 고참인 2년 차가 아닌가? 보통 4, 5개월이면 편순이 편돌이 생활을 접곤 하는데 예은은 꾸준히 일했고 고3을 앞둔 마당에도 그만둘 생각은 없어 보인다. 대학을 나와도 생계에 대책 없기는 마찬가지이기 때문에 굳이 애쓰며 살고 싶지는 않다는 예은이 논리도 일리는 있었다. 생활의 여유를 갖기 위한 최소한의 노동. 욕심내지 않는 게 예은이 꾸준히 알바하는 비결이다. 돈이 모이면 쌍꺼풀 수술을 하거나 팔뚝 지방 제거를 하고 그걸 화제 삼아 한 달을 이슈의 여신으로 지낸다. 아이들의 부러움을 한 몸에 받으면서 알바를 하러 간다. 예은은 늘 뷰티 관련 이슈를 들고 오는 인싸인데 정연이 제일 부러워하는 건 어떤 여건에서건 알바자리를 놓치지 않는 것이었다. 특히 학교 뒷문 가까이에 있어 실내화를 신은 채 한걸음에 뛰어올 수 있는 '알파와 오메가'의 편순이인 것이다.

여러 알바를 거치면서 정연도 편의점을 뚫어보려 했지만, 알바 사이트에서 소개하고 있는 곳은 집에서 거리가 멀거나 밤늦게까지 근무하는 위험한 곳들이어서 늘 다른 업종에 전전하곤 하였다.

"이거 저 마셔도 되는 거예요?"

마침 목이 말라 있던 정연은 이온 음료를 들고 흔들어 보였다. 인계하고 있던 사모는 카랑카랑한 목소리로 말했다.

"그거 내가 놓은 거 아닌데. 앞 타임 삼수가 놔두고 간 것 같아."

앞 타임이라면 오전 근무하는 삼수생 언니를 말하는 것 같았다.

"얼마 안 하는데 돈 내고 사 먹지 그러니, 얘."

갑자기 분위기가 싸늘해지며 얼굴이 화끈해지는 걸 느꼈다. 지난번 일했던 빵집과는 뭔가 분위기가 달랐다. 이곳은 어지간히 빡빡한 곳 같았다.

'예은이는 이런 곳에서 어떻게 버티고 있었던 거지?'

정연은 고개를 갸우뚱했다. 이 많은 물건들이 그림의 떡이라니. 폐기마저도 돈 주고 사 먹으라 할 분위기다. 정연은 플레이되고 있는 음악 목록을 훑어보고 바닥과 매대를 다시 한번 훑어보았다. 매장은 흐트러짐 없이 정돈된 편이다.

"수고하셨어요."

사모의 말대로 돈 주고 사 먹어야지 공짜를 바라선 안 되는 거였구나. 정연은 기분을 풀고 인사했다.

"머리 예쁘게 염색됐네. 수고."

사모는 싸해진 분위기를 풀어주려는 듯 붉게 물들인 정연의 머리 이야기로 슬쩍 칭찬한다. 정연은 입꼬리를 억지로 끌어올리며 머리카락을 손으로 빗었다. 카운터를 벗어난 사모는 3초간 천장을 훑어보았다. CCTV 네 대가 붉은 불을 깜빡이며 돌아가고 있다. 정연은 붉은 불이 깜빡일 때마다 섬뜩함을 느꼈다. 사모의 몸은 퇴근하지만 붉은 눈만은 이 공간에 고스란히 남아 있는 것 같은 느낌이었다. 사모는 편의점 문을 나서자마자 진홍색 양산을 펼쳐 들었다. 사모에게는 진홍색보다 자줏빛이 더 잘 어울릴 것 같다. 상냥한 얼굴이지만 상대방을 서늘하게 긴장시키는 구석이 있었다. 아이라인 위에 브러시로 칠한 자줏빛이 사모에게는 꼭 맞았다.

정연은 매장에서 멀어지는 사모의 모습을 보며 컴퓨터 음악을 꺼버렸다. 정적이 흐르면서 냉장고 돌아가는 소리만 조금씩 들린다. 진홍빛 양산은 드디어 편의점 앞 도로를 건너가 버렸다. 홀로 밀폐된 냉장고 안에 숨어버린 느낌이었다. 홀로 있게 된 것이 실감 났으므로 아무 소리도 듣고 싶지 않았다. 가게 안을 한 바퀴 휘 둘러보고는 눈에 띄는 사물 하나를 발견했다. 손을 얼른 뻗어 드로잉북을 꺼냈다.

우선 눈에 들어오는 건 포스기 옆에 있는 메리골드 두 송이였다. 꽃송이 둘이 손을 맞잡은 듯 얽혀 있었다. 인공으로 생산된 물건들 속에 화초라니? 채송화처럼 가녀린 줄기 위에 노랗게 핀 꽃잎이 쾌활해 보여 왠지 기분마저 좋아진다.

사각사각사각.

연필이 닿을 때마다 드로잉북에서는 경쾌한 소리가 들려왔다. 사각사각사각. 정연의 입가에 미소가 떠올랐다. 메리골드의 잔잔한 꽃잎 하나하나가 숨어 있다가 탁본처럼 도화지 위로 떠오른다. 정연의 눈에는 노란 꽃잎 하나하나가 숨을 쉬고 있는 것 같았다.

정연에게 그림이란 온몸의 세포들이 깨어나는 곳이었다. 새로운 공간에 대한 낯섦과 적응을 위한 힘겨움, 고단함마저 다 녹아내리는 것 같았다.

앞날에 대한 불안감이야 고딩이라면 누구에게나 있는 당연한 거지만 정연에겐 거기에 한 가지 더한 것이 있었다. 출구를 찾지 못했다는 것이다. 독학에 가까운 정연의 그림체로 미대를 꿈꾼다는 건 거의 불가능한 일이었다. 학교 미술 샘과 학원 샘마저도 왜 멋대로 그리느냐고 화를 내며 미대 지원을 포기하라고까지

했다. 정통 미술 기법과는 거리가 먼 만화체였기 때문이다. 정연은 절망하는 대신 더 악착같이 그림을 그렸다. 그 때문인지 알록달록한 색깔에서 다양한 감정을 느낄 수 있었다. 만화를 그리고 싶은 생각은 없었다. 지나치게 희화화하거나 명랑한 체하는 게 싫었다. 그냥 면에 느껴지는 필기구의 질감을 즐기다 보면 자신의 생에도 어떤 결론이 나려니 먼 산 바라보듯 생각했다. 울퉁불퉁하거나 반들반들하거나 부드럽거나 거친 느낌은 고스란히 손을 타고 심장으로 다가온다. 그려진 물체를 어루만지는 것 같은 느낌이다. 만화를 보다가 그림을 시작한 거라 그럴 수밖에 없겠지만 주위에서 듣는 소리는 긍정적이지 않았다. 순수미술은 배를 곯는다는 소리뿐이었다. 차라리 만화를 그리거나 디자인 쪽으로 바꾸라고 했다. 혹은 잘나가는 만화가의 문하생으로 들어가거나 만화 전문학원에 다니라고 한다. 지하철을 몇 번씩 갈아타고 산 넘고 물 건너가야 배울 수 있다. 만화를 그리려는 수천수만의 보이지 않는 만화가들과 경쟁해야 한다. 어지럽고 답답했다. 자신의 방식으로 스케치하고 채색하고 면을 채우는 것이 좋았던 정연은 머리마저 붉게 물들이고 다녔지만 그게 출구가 되는 건 아니었다.

그러나 그림을 그릴 때 온몸의 세포들이 깨어나는 이 느낌을 어쩔 것인가? 엄마에게 손을 벌리지 않고 이 작업을 계속할 방법은 없을까? 정연은 몇 달 전부터 겨우 동네 미술학원 원장님을 졸라서 대입을 볼 수 있는 데생만 집중해 배우고 있었다. 수강료를 반으로 깎고 학원비를 벌기 위해 알바를 시작했는데 짬짬이 참가하는 미술대회 참가비가 일반 미술용품의 열 배가 넘어 알바를 그만둘 수가 없었다. 대회에 참가한 아이들은 한눈에 보기에도 십여 년의 내공이 보이는 작품을 그려내곤 했다. 그러나 안타깝게도 정연은 허공에 그림을 그리는 느낌이 시도때도 없이 들었다.

멈추거나 옆길로 새지 않는다면 지금보다는 좀 나은 곳에 가 있지 않을까? 그걸 믿고 버티고 또 앞으로 갔다. 중간에 넘어지고 깨지기를 무수히 반복하면서도 계속 그림을 그리고 있는 정연을 의외라고 생각하는 친구들이 많았다. 2학년 상반기를 지나면서는 고단한 일상조차 조금씩 무감각해지는 것 같았다.

촘촘한 메리골드 꽃잎들이 도화지 위로 되살아나고 있다. 한 시간 정도, 정연은 낯선 면과 선 위를 여행하고 편의점 안으로 돌아왔다. 이윽고 결과물로 예쁜 메리골드가 피어올랐다. 정연의 얼굴 위로 미소가 퍼지고 있을 때 딸랑 소리와 함께 가게 문이 열렸다. 손님이 들어온 것 같았다. 정연은 연필을 끼우고 드로잉북을 카운터 선반 밑으로 집어넣었다.

"어서 오세요. 알파와 오메가입니다."

예은이 가르쳐 준대로 인사를 하면서 문 쪽으로 고개를 돌리니 오토바이 주인, 그 투머치 토커가 문 옆에 서 있었다. 업무 설명을 들으러 왔을 때 예은 옆에 서 있던 영준은 과도하게 정연 주위를 맴돌았다. 머리 색깔이 특이하다는 둥, 눈빛이 맑다는 둥, 오래 같이 일하면 좋을 걸 3일밖에 못 봐서 아쉽다는 둥 쉴 짬을 주지 않고 말을 걸어와 정연은 예은 옆으로 슬쩍 피했다.

'분위기 파악 못 하는 녀석 같으니!'

영준의 첫인상은 별로였다. 별로인 애가 자꾸 친한 척할 때처럼 곤혹스러울 때는 없는 것 같다. 정연은 속으로 툴툴거리며 친구인 예은에게 쉴드를 쳐달라고 눈을 깜빡거렸다. 여기가 자기집 안방이라도 되는 건가? 집 앞에서 절친을 만난 것처럼 그렇게 스스럼없이 말하다니 그 뻔뻔함에 혀가 내둘러졌다. 게다가 상대방이 말할 겨를도 없이 다방면으로 떠들어대는 바람에 머리가 뒤숭숭해질 지경이었다.

남자애가 그렇듯 수다가 심한 건 처음 보았다. 정연네 같은 반 남자아이들이 호감을 느끼고 있다 해도 그렇게 대놓고 작업을 걸지는 않았다. 물론 정연의 처지에서 연애할 한가로운 시츄에이션이 아니기도 했지만 말이다. 어쩌면 그런 관심이 필요하다고 생각하고 누군가를 기다리고 있었는지도 모른다. 잠에서 깨어나면 앞날이 캄캄하고 누구에게도 이해받지 못하는 외로운 바다 한복판에 둥실 떠 있는 듯 외로웠다. 그런 정연 앞에 이상한 밤송이가 하나 떨어진 것이다.

카운터 아래에 발을 올리다가 음료 캔을 또다시 건드려 또르르 굴러떨어졌다.

"나야 나. 손님 아님!"

영준의 손은 여전히 눈에 띄게 시커먼 때가 끼어 있었다.

"교대 시간 멀었는데 무슨 일이야?"

"은근, 이 오빠 오기를 기다리고 있었구나."

"너 진도 엄청 빼는데 주소를 잘못 찾은 것 같다."

정연의 말에 영준의 가는 눈이 조금 커졌다.

"뭔가 애쓰며 사는 게 예뻐 보여서 그러는 건데…."

"그런 말 하지 마. 난 느끼한 거 민감해."

"3일밖에 못 보는데 빨리 친해져야지."

"그럴 필요가 있을까? 나한테 하는 걸 보니 너 상황 파악이 잘 안 되는 거 같다."

정연은 싸늘하게 쏘아붙였다. 관심 끄라는 뜻이었다.

"미안, 내가 가방끈이 짧아서 상황 파악을 좀 못해."

영준은 정연의 표정 변화 없이 직격탄을 끌어안았다.

놀란 것은 정연이었다. 그렇게 쉽게 자책을 하다니….

"뭐라니? 그런 뜻 아니야."

"괜찮아. 난 너처럼 직격탄 날리는 애가 좋아."

영준은 카운터 밑에 들어 있던 이온 음료를 들어 정연에게 건네주었다.

'손톱에 때 낀 거 봐라.'

정연은 영준의 손을 보자 절로 눈살을 찌푸렸다.

'손 더러운 애 딱 질색인데.'

정연은 고개를 옆으로 돌려버렸다.

"이거 너 먹으라고 넣어둔 거야."

자신을 위해 음료수를 선물할 사람을 정연은 원했다. 공짜로 주는 사람이 없다는 걸 알면서도 그런 생각을 했던 것 같다. 그런데 낯선 영준에게 받게 된다니 기분이 떨떠름했다.

"왜?"

"그냥."

정연은 찜찜했지만 불 밤송이 영준의 권유를 물리치지 못했다. 목은 마르고 수중에 돈은 없었다. 머뭇거리던 정연은 결국 음료수 마개를 따서 단숨에 마셔버렸다.

"하나 더 줄까?"

"아니, 됐어."

정연은 오히려 쌀쌀맞게 대답했다.

"경계하지 않아도 돼. 목말라 보여서 캔 하나 사주려는 건데 뭘."

"날 보러 온 건 아니지?"

"새벽에 가방을 놔두고 가서 온 거야."

영준은 진열대 쪽으로 가기 전 CCTV와 볼록거울을 훑어본다. 사모랑 똑같은 위치에서 포즈조차 똑같다.

'뭐야 두 사람?'

정연은 영준의 표정에서 서늘하게 지나가는 한 줄기 바람을 본다. 장난꾸러기 같은 영준의 눈빛이 평소와 달리 예민하게 빛나는 것 같았다.

정연은 핸드폰을 보는 척하면서 영준의 동선을 따라갔다. 편의점 진열 매대는 음료수 냉장고까지 4열로 길게 늘어서 있다. 그 끝에 창고가 있고 창고 안에 알바생 물건을 보관하는 창고 수납장이 있다. 걸어가는 영준에게서 찰랑찰랑 소리가 났다. 바지에 달려 있던 쇠줄이 찰랑거리며 흔들리고 있었다. 정연은 악수를 청하던 영준의 손을 기억해낸다. 열 개의 손톱에 모두 까맣게 때가 껴 있던 걸 잊을 수 없다. 시커먼 손은 까칠한 머리털과 날카로운 눈빛이 뒤섞여 불투명한 어둠의 질감을 던져주고 있었다.

정연과 방과 후에 만나는 미술부 애들 손도 대부분 영준처럼 지저분했다. 손톱에 새카맣게 흑탄 가루가 뭉쳐 있기도 하고 손바닥이 스케치북 속 인물들처럼 같은 색으로 검게 윤을 내기도 한다. 연필과 함께 지내야 해서 어쩔 수 없는 직업병이다. 하지만 그애들은 길고 가늘며 예민한 손가락을 가지고 있다. 손의 모양은 그 사람이 성향과 많은 연관성이 있는 것 같다. 미술과는 전혀 관련 없는 영준의 검은 손은 뭉툭하고 짧다. 그리고 의심스러운 구석이 많은 손이다. 저 지저분한 손의 정체는 무엇인가?

어슬렁거리며 걸어가던 영준이 창고 문 쪽으로 다가갔을 때 진열장을 건드렸는지 캔음료들이 우당탕퉁탕 소리를 내며 쏟아져 내렸다. 정연은 벌떡 일어나 진열장 쪽으로 뛰어갔다. 3분 요리와 참치 캔이 바닥에 어수선하게 널려 있었다.

"손으로 쳤나 봐. 내가 치울 테니 그냥 카운터에 있어."

영준은 어수선하게 널려 있는 캔 앞에 주저앉았다.

"조심하지. 같이 치워줄게."

"됐대도!"

영준이 큰소리를 치면서 정연을 카운터 쪽으로 밀쳐낸다. 목소리뿐 아니라 힘도 다른 아이들보다 훨씬 셌다. 얘, 뭐지? 정연은 영준의 재빠른 손놀림을 뚫어지게 살펴보았다.

"괜찮아. 손님도 없는데 내가 도와줄게."

정연은 다시 한번 영준 쪽으로 고개를 숙인다.

"됐어. 내가 정리할 거야."

보통 고집이 아니었다. 고개가 갸웃거려질 정도였다.

'의외인걸. 헐렁인 줄 알았더니 짱짱한 면이 있네.'

둘의 시선이 얽히다가 튕겨졌다. 밀어내는 영준의 힘에 안 지려고 정연이 맞서 버티다가 엉겁결에 두 사람의 몸이 쿵 부딪쳤다. 영준의 단단한 몸에서 열기와 땀 냄새 같은 게 난다. 정연은 잠깐 아찔한 느낌이 들어 캔을 돌려주고 카운터로 돌아왔다.

떨어진 물건 중에 깨지거나 망가진 것은 없었다. 다행이었다.

부스럭거리며 한참 치우던 불 밤송이는 창고로 들어가 버렸고 그 틈에 손님 둘이 들어와 담배를 찾았다. 카운터 뒤편에 진열된 담배 창에는 스무 종류 이상의 담배가 들어 있었다. 손님이 말한 것은 처음 들어보는 것인데다 같은 종류가 세 가지나 되었다. 한창 쩔쩔매고 있을 때 창고로 들어간 영준은 검은색 토트백을 꺼내 들고 나왔다. 가방에는 무엇이 들었는지 한눈에도 묵직해 보였다.

"빨간 머리 연. 바이!"

속옷 차림을 들킨 것처럼 정연은 깜짝 놀랐다. 자신이 브이로그에서 쓰는 닉네임을 알고 있었다.

'예은이가 가르쳐줬나?'

정연은 아찔한 느낌이 아직도 가시질 않아 화끈거리는 얼굴로 '어…어.' 짧게 대답했다.

"좀 일찍 올게. 처음 해보는 거라 뭐가 뭔지 잘 모를 것 같아. 내가 도와줘도 되는 거지?"

정연은 오토바이 뒷좌석에 헬멧을 묶어두고 그대로 출발하는 영준을 보면서 한 줄기 바람이 또 한 번 지나간 것 같은 느낌이 들었다.

'나한테 정말 관심이 있는 건가? 내 스타일 아닌데.'

말하는 거며 행동하는 게 뭔가 그레이 색감이 느껴진단 말이야. 게다가 저 천진난만한 표정은 뭐란 말인가? 자신과는 다른 인류를 보는 것처럼 이질감이 점점 강해지는 것 같았다.

정연은 만나는 사람에게 색깔을 입히는 버릇이 있다. 예은은 노란색, 자신은 주홍색, 편의점 사모는 자주색이다. 영준을 보면서 떠오른 색은 그레이색이었다. 그레이색은 중립적이고 조화로운 사람에게 어울리는 색깔이다. 냉정하지만 온화한 성품. CCTV 앞에서의 차가운 표정과 시커먼 손은 어울리지 않는 이미지다. 도둑놈을 회색으로 인식하다니 붓을 놓을 때가 되었나 싶었다.

시계를 보니 6시 5분 전인데 아직 골든타임은 오질 않는다. 예은이의 말에 의하면 저녁 시간쯤에 꼭 한 번 정신을 쏙 빼놓을 만큼 사람들이 몰리는 순간이 있다고 했는데 손님 대신 전화가 왔다. 이모였다.

- 정연아. 너 다음 주에 시간 되니? 배달하는 애가 급히 어딜 가서 일주일만 해주면 되는데 네 생각이 나서 한번 전화해본 거야.

"어딘데?"

- ○○아파트야. 그 중간에 시장이 있는데 몇 부 안 돼.

"시간당 얼마 쳐줄 건데?"

- 조칸데 잘 쳐줘야지. 200부 5일 동안 10만 원 어때?

"좋은데. 오케."

정연은 비싸서 망설이던 에보니 스케치 펜슬을 사야겠다고 생각했다. 서서히 자신의 무게 중심이 미술 쪽으로 옮겨지고 있는 게 느껴졌다. 가게 밖으로 어둠이 깔리는데 손님은 보이지 않고 서너 명 후다닥 뛰어들어와 담배를 사가는 흡연족만 많았다. 던힐이나 디스 등을 가리키며 한쪽 다리는 이미 출입문을 향하고 있는 마음 급한 사람들이다. 수업 마무리 종이 울릴 때마다 매점을 향해 궁둥이를 빼던 친구들이 떠올랐다. 정연은 웃음이 나왔다.

2
빨간 머리 연 브이로그

안녕하세요. 여러분. 빨간 머리 연입니다.

제가 요새 전문가용 드로잉 펜슬을 사야 하는데요. 지난 주에 어떻게 구입을 할까 고민하고 있었잖아요. 그런데 바로 그 기회가 왔답니다. 새 알바를 구하게 된 거죠. 3일간 단타로 하는 거지만 정말 일해 보고 싶었던 곳이에요. 감사 감사.

여러분! 예은이라고 제 친구 아시죠. 지난 번 쌩수 브이로그 찍었던 그 애 말이에요. 그 친구가 학교 앞 편의점에서 알바를 하고 있는데 며칠 동안 자리를 비우게 되었거든요. 그래서 제가 여기 대신 들어오게 되었습니다. 오늘부터 3일간 아자아자 열심히 해볼랍니다.

제가 브이로그를 찍는 동안 예은이는 중국의 곳곳을 돌아다니고 있겠죠. 부럽당. 저는 예은이의 정체가 궁금해요. 집도 가난하지 않은 것 같고, 저처럼 학원비를 안 대주는 부모님이 있는 것도 아닌데 왜 알바를 하고 있을까요? 저희 집은요 여행은커녕 외식도 1년에 한 번 할까 말까 하답니다. 제가 미술을 하겠다고 했을 때 우리 엄마는 집안 말아먹을 년이라는 욕을 100번도 넘게 했다니까요. 21세기에 19세기를 살고 있으니 뭐 이런 인생이 있나 싶더라고요. 아무튼 김영숙 여사와 양삼식 씨의 맏딸은 무관심과 탄압에도 굴하지 않고 씩씩하게 살고 있습니다. 여러분들은 빨간 머리 연을 응원해주실 거죠?

이번 편도 잘 보시고 좋아요와 구독 꾹 눌러주세용.

저의 생애 처음으로 오늘 편의점으로 입성한 것인데요. 다른 알바처럼 브이로그를 잘 찍을 수 있을지 모르겠지만 편순이 예은이 말로는 할 일이 그렇게 많지 않아서 개쉽다고 그러네요. 그러니 동영상을 잘 찍을 수 있을 것 같아요. 기대해주시기 바랍니당.

지금 시각 오후 6시입니다. 유리 밖으로 어두워오는 거 보이죠. 저는 이런 시간이 정말 좋아요. 마치 도화지에 다양한 색으로 채색을 하고 있는 것 같거든요. 예를 들면 안락하고 달콤한 고동색을 입히고 쌉싸름한 검은색으로 뿌리기 기법으로 덧입히는 거죠. 누군가는 이맘때를 '개와 늑대의 시간'이라고 했어요. 친근한 개인 것 같기도 하고 잔인한 늑대로 돌변하기도 하는 양면성이 존재한다는 거죠. 이런 긴장감 때문에 감각이 더 살아나는게 아니겠어요? 고동색이니 검은색이니 이런 것들이 눈앞에 흩뿌려지지만 사실 정말 졸립고 배도 고픈 시간이기도 해요. 폐기 등록 시간이 7시라니까 미리 오늘 먹을 걸 찜해놔야겠어요. 이런, 입술이 다 지워졌네요. 핏기가 하나도 없어요. 저는 이렇게 핏기 없는 제 모습이 정말 싫습니다, 여러분. 이럴 때 저는 일종의 의식처럼 립스틱을 바른답니다. 핏빛 입술을 보면 투우장의 황소처럼 투지가 생긴다니까요. 나머지 네 시간도 잘 버텨볼게요.

시간도 없고 돈도 별로 없기 때문에 저는 색깔 화장만 한두 개 꼭 한답니다. 일종의 포인트를 주는 거죠. 예를 들면, 머리 염색. 이건 우리 S고등학교만의 특징이죠. 다른 학교는 머리 염색을 하지 못하게 하더라고요. 예은이와 난 서로 머리 염색을 해주는데 예은이 오렌지색으로 염색을 하면 저는 거기에 검은색을 조금 섞어 고동색으로 물을 들이죠. 그럼 은근 케미가 느껴져요.

그런데 여러분, 저는 궁금한 게 있는데요. 고딩들은 염색을 왜 못하게 하는 거죠? 빨, 주, 노, 초, 파, 남, 보 이 색깔은 도대체 왜 있는 거랍니까? 전 솔직히 이해가 안 갑니당. 하지만 우리 교장샘은 머리 염색을 허락하고 있어요. 시대를 앞서가시는 교장샘 짱!

저는 겨울에서 봄으로 넘어갈 때 그 냄새가 정말 좋거들랑요. 약간 비릿하지만, 그 뭐랄까. 콩 덜 익은 거 먹을 때 그 맛 같달까요? 예은이에게 받기로 한 금액은 3일 동안 15만 원. 거금 아닙니까? 괜찮죠? 그걸로 전문가용 포스터칼라와 최고로 비싼 스케치 펜슬을 살 것입니다. 이렇게 시간과 돈을 들여 내 길을 찾아가는 게 정말 재미있지 않겠습니까? 하지만 한편으로는 자기가 하고 싶은 일을 하는 게 어려운 건가 생각이 들어요.

있잖아요 여러분, 제가 해봤던 알바 중에 편의점과 가장 비슷했던 일이 빵집 알바인데요. 솔직히 일은 힘들지 않았지만 저랑 매장에서 짝꿍으로 일했던 애가 있는데요. 걔가 너무 꼴보기 싫어서 한 달만에 그만둔 거거든요. 맨날 지각하고, 매장 지키는 일의 기본은 청소인데 맨날 거울 들고 살고, 지 얼굴 화장은 한 시간에 한 번씩 바꿔서 해요. 특히 왜 그렇게 눈 화장에 공을 들이는 걸까요? 마스카라에 목숨을 걸었는지 눈을 내리깔고 붓질하는 걸 보면 가관이랍니다. 게다가 하루 종일 전화를 붙들고 카톡에 통화에 공사다망한 거예요. 그러니 지겹고 험한 일은 모두 제 차지가 되잖아요. 몇 번 얘기를 했다가 계속 아니꼬운 얼굴로 쌩까길래 홀에서 대판 싸우고 그만뒀어요. 제가 좀 까칠한 데가 있나 봐요. 어릴 땐 몰랐는데 나이가 들수록 저는 다른 사람들이 이상하게 보일 때가 많다니까요. 그걸 참아야 하는데 그러지 못하고 꼭 티를 내서 불이익을 당한 게 한두 번이 아니었답니다. 앞으로는 제맘 속에 있는 까칠이를 벗어나도록 노력할게욤. 지켜봐주세욧.

편의점에서만 2년째 알바를 했다는 예은이는 이 편의점의 장점을 이렇게 말하더군요. 매장에서 주로 혼자 있어 자기 시간이 많다는 점, 특히 이 편의점은 출퇴근 손님들이 대부분이라 다른 지점처럼 진상 손놈들이 없다는 거예요. 손놈들, 너무 재미있는 표현이죠? 아직 만난 적은 없지만 저에게도 카운터 밑 비상벨을 누를 날이 올까 기대가 됩니다. 예은이는 2년 동안 그런 일이 없었다는 점을 강조하며 편의점 알바를 권했어요. 저는 그게 딱 맘에 들어요. 아이들하고 두루두루 친하게 지내고 있긴 하지만 솔직히 저는 사람들과 함께 있는 게 참 불편하거든요. 혼자 스케치를 하거나 이렇게 브이로그를 찍을 때가 훨씬 편해요. 왜냐면요. 다른 사람을 의식하지 않아도 되잖아요. 아무튼 위치상으로나 준비과정으로나 이 편의점에 취직이 되었으면 좋겠어요. 제에발요. 아멘.

이 편의점 사모는 왠지 너무 깔끔하고 어쩌면 엽기적으로까지 보인답니다. 왜냐구요? 선반이랑 이런 곳에 먼지 하나 없어요. 포스기 구석구석에도 어떻게 닦아놨는지 반짝반짝하다니까요. 월급을 밀린다거나 그렇게 질척거리진 않을 것 같아요. 일이 끝나고 갈 때 예은이에게 알바 자리 부탁하고 가야겠어요. 오후 대여섯 시가 피크라고 했는데 어제 오늘은 손님이 없어! 개꿀, 이게 왠 떡이랍니까요. 손님이 온 관계로 브이로그는 여기서 끝. 여러분 안녕. 또 봐요.

30

3
비 오는 날 아르바이트

오른손에 붕대를 묶은 정연은 광고지를 끼워 넣고 있는 아저씨와 아줌마들을 바라보고 있었다. 한 사람이 종류가 다른 신문 덩이를 테이블로 던지면 쫄대를 끊고 각기 자기 부수에 맞게 나눠 그 속에 마트 광고지를 끼워 넣는다. 하품하는 모습에 피곤이 가득 묻어 있었다. 손끝은 기계보다 정확하다. 새벽 4시부터 지국이 문을 연다고 하니 새벽이라기보다는 밤의 끝자락 같은 느낌이었다. 정연은 지각할까 봐 몇 번 새벽잠을 깼고 잠을 제대로 못 자서 하품을 연달아 한다. 하지만 광고지는 기계보다 정확히 타타타 소리를 내며 신문 옆구리에 자리를 잡았다. 새 골무를 끼우는 아줌마 곁에서 정언도 광고시를 넣어보았다. 속도도 미치지 못할 뿐 아니라 신문 밖으로 삐져나와 구겨지거나 접혀진다. 오토바이에 신문 한 묶음을 올려놓고 온 이모가 정연의 것을 마저 챙겨주었다.

"그 손으로 돌릴 수 있겠니?"

운동복을 입은 이모는 묶은 머리를 바싹 틀어올려 TV 생중계에 나오는 운동선수 같다. 군살이라곤 찾아볼 수 없는 날렵한 몸이 바삐 움직인다. 이모는 붕대를 감은 정연의 오른손을 바라보았다.

"화상이라 신문 돌리는 덴 문제없어."

"뭔가 크게 될 거 같아 우리 정연이. 시키지도 않는 생고생을 하고 말야."

"학원도 안 보내주는데 그럼 어떻게 해?"

"다른 과에 가서 취미로 할 수도 있잖아. 아니면 나중에 미술 쪽으로 전과하든지."

"싫어. 관심도 없는 과에 가서 시간을 죽이는 건 더 죽을 맛이야."

"고지식하기는! 악착 떨어봤자 내 뜻대로 되는 일은 많지 않아. 암튼 몸 살펴가면서 해."

"이모가 우리 엄마 좀 설득해 봐."

"나도 니네 엄마랑 안 친해. 어릴 때부터 융통성이라곤 없었거든. 그런 엄마한테서 너같은 예술가가 나왔다는 게 신기하다 얘."

"근데 여기 월급은 제대로 챙겨주는 거지?"

이모와 정연의 대화에 아줌마 한 명이 하하 웃으며 끼어들었다. 월급은 칼처럼 들어온다는 거다.

"돈이 박해서 그렇지 떼어먹거나 그러진 않아."

"이모가 산 증인이잖아."

삽지를 마친 아줌마들이 비닐로 덮은 신문을 챙겨서 하나둘 지국문을 나섰다. 아직 어두운 새벽, 서로에게 인사를 나누는 목소리에 아직 깨지 못한 잠이 그대로 묻어 있었다.

"정연, 나몰랑 자빠지면 안 된다. 우리가 많이 당해봤거든. 젊은 애들은 워낙 참을성이 없어서 말야."

이모는 여전히 못미더운 눈치였다.

"걱정 붙들어 매셔. 난 안 자빠진다고."

정연은 자신이 언제 그만두나 기다리고 있는 사람들에게 지고 싶지 않았다. 말하고 나서 지국 밖을 내다보니 라일락 나뭇잎에 부딪친 빗방울이 후두둑 소리를 내며 떨어지고 있었다.

"어떡하지? 비가 더 내리려나 봐."

걱정이었다. 붕대가 물이 스며들면 안 될 텐데 빗방울이 너무 굵고 세차다.

"봄인데 장마가 먼저 왔나? 여기 고무장갑 있으니 붕대 두른 손에 끼워."

이모는 책상 서랍에서 노란색 공업용 고무장갑을 꺼내주었다. 정연은 이틀 만에 그만둔 패스트푸드점을 생각했다. 뜨거운 불판. 숨쉬기 힘든 주방의 더위. 손님이 한창 밀리는 주말 시간에는 그 더위 속에서 끊임없이 무언가를 계속 튀겨내야만 했다. 잠간 쉴 짬이 주어지면 시간을 알리는 차임벨이 울렸다. 익숙한 차임벨 소리였지만 이전에는 한 번도 귀 기울여 들은 적이 없었다. 안에서 듣는 그 소리는 다 튀겨냈으니 빨리 다른 걸 넣으라는 재촉이었다. 기름으로 프렌치 프라이를 튀기고 강판에 패티를 굽다가 얼굴이 익어버릴 것 같아 숨을 헐떡인다. 물수건을 목에 걸고 종종거리다가 부점장님에게 된통 혼이 난다. 위생 어쩌고 하는데 정연의 귀에는 아무 말도 들리지 않았다. 그냥 달구어진 프라이팬 위에 올라가 있는 느낌이었다. 이틀째 되던 날 손등에 기름이 튄 것은 그만두라는 신의 계시였다. 손등은 왕만두만큼 부풀어 올랐지만 손가락을 움직일 수 있어서 다행이었다. 병원 치료를 받고 7만 원을 받았다. 더 일하겠느냐고 부지점장이 묻는데 싫다고 고개를 저었다. 더 이상 뜨거운 불판 위에서 아무것도 할 수 없을 것 같았다.

패스트푸드점을 그만두고 곧바로 찾아간 곳은 둘째 이모네였다. 언젠가 이모가 새벽 두 시간 정도만 신문을 돌리라고 말한 적이 있기 때문이었다. 아침잠이 많은 정연은 솔직히 엄두가 안 나는 알바였다. 새벽 4시 반부터 6시 반까지. 다섯 시간 일하는 다른 알바만큼 돈을 벌 수 있기 때문에 졸음을 무릅쓰고 일을 시작하게 된 것이었다.

"난 비가 제일 싫더라. 몸도 더 찌뿌둥해지는 것 같고."

운동복 차림의 스포츠머리 할아버지가 웃으면서 말했다. 어린 소년처럼 해맑은 표정이다. 식당 영업이 안 돼 가외로 일을 더 하게 되었다는 노인은 본업인 식당은 집어치우고 신문이나 돌려야겠다고 했다. 경기가 점점 안 좋아지기 때문이다.

정연도 신문을 돌리기 시작한 며칠동안 학교 수업 시간에 절반은 엎드려 잠을 자야 했다. 등산을 마치고 난 것처럼 몸이 피곤하니 삭신이 녹아내린다는 말을 절감했다.

신문 안에 광고지를 끼우던 개척교회 사모와 아들도 정연을 따라 문 밖을 봤다.

"난 며칠째 신경통에 밤잠을 설칩니다, 할배요."

"걸려 있는 비옷들 찾아 입어요. 감기 들어 배달 못 하면 감봉되는 거 잊지 말고. 몸이 재산인 거요."

지국장은 어제 기호란 중학생 애가 흙탕물에 신문을 다 엎어 혼나고 그만두었다는 말을 덧붙였다. 아줌마들이 지국 자전거가 너무 낡았다고 뒷말을 하자 시끄럽다고 꽥 소릴 질렀다. 지국장의 목소리가 크다고 해도 아무도 반응을 보이진 않았다. 사람들에게는 모자라는 잠만 아쉬울 뿐이었다. 반응 대신 하품 소리만 돌아왔다.

정언은 자신이 타고 갈 자전거 브레이크를 잡아보았다. 끼익끼익 소리가 나긴 했지만 브레이크가 문제를 일으킬 것 같지 않았다. 페달도 마찬가지였다. 낡긴 했으나 헛돌거나 사람이 다칠 정도는 아니었다. 이모 말대로 두 시간만 일해서 용돈과 학원비를 벌 수만 있다면…, 정말 하고 싶은 일을 할 수 있다면…, 그럴 가능성이 보인다면 오토바이 면허쯤 딸 수 있겠다는 생각이 들었다. 요즘은 오토바이가 없으면 신문을 돌릴 수가 없는 시절이 된 것이다.

"이모도 타는 걸 나라고 못 타겠어?"

정연은 혼잣말을 하면서 아파트 단지와 시장통을 향해 자전거 패달을 밟기 시작했다. 아파트 단지 사이에 위치한 시장 안은 대낮에도 음침하고 서늘했다. 어두운 동굴로 들어가는 느낌인데다 해 뜨기 전 새벽에는 어둠이 더 깊어 섬뜩한 느낌이 가시질 않았다. 게다가 길도 구불구불해 배달할 때마다 계속 불평이 쏟아지는 곳이었다.

"정연아, 시장통은 맨 나중 코스로 날 밝으면 돌려. 어두운 데 돌리다가 신문 다 엎는다."

이모는 헬맷을 쓰며 걱정을 했다.

"근데 아파트 돌고 다시 돌아오려면 귀찮아."

"고집부리지 말고. 안전하게 해야지. 급히 서두르다가 일을 다 망칠라."

이모는 오토바이 앞뒤로 하나 가득 신문을 쌓아 올리고 시동을 걸었다. 요즘은 인터넷 신문 서비스가 늘어나 신문 구독률이 떨어지다 보니 보통 신문 지국 하나에서 8~9가지 신문을 취급하고 있었다. 이모는 10년 넘게 신문 배달을 하는 베테랑이다. 몸집이 작고 가녀린 이모가 강도 높은 육체노동을 견뎌내는 걸 보며 정연은 새록새록 놀라웠다. 워낙 돌아다니는 걸 좋아해 이모는 적성에 맞는다고 한다. 이모는 보통 아침 8시면 일을 끝내고 사촌들을 학교 보내면 엄마네 공장에 들러 실밥을 따기도 하고 경로당 같은 곳에서 점심을 얻어먹기도 한다. 돌리는 부수만 400부 이상이다. 낮엔 늘 자유롭게 돌아다니기 때문에 여유작작한 사람으로 주위의 부러움을 받고 있지만 새벽에 이런 강도 높은 일을 하고 있었던 것이다. 우선 온몸을 다 써서 움직여야 했고 실제 구독자가 거주하는지 신경을 곤두세워 계속 체크해야 했다. 구독료를 대신 내거나 하는 일은 없지만 직격탄을 쏘아대는 지국장에게 싫은 소리를 들어야 한다는 것이다.

정연의 안경알에 빗물이 줄줄 흘러내렸다. 데일리 렌즈를 끼고 올걸 그랬나 후회를 했다. 비가 자꾸 안경 안쪽으로 들이쳐서 앞을 제대로 볼 수가 없었다. 새벽에 사고를 당하면 발견이 어려워 더 위험하다는 얘기를 어디선가 들은 것 같았다. 이모는 이런 날 어떻게 일할까? 담담한 표정으로 일을 해내는 이모가 대단하다는 생각이 들었다.

그나마 200부 정도를 돌려야 학교 가기 전까지 소화할 수 있고 필요한 만큼 돈을 받을 수 있다. 150부는 아파트 단지이기 때문에 별로 걱정되지 않는다. 컴컴한 시장통이 문제였다. 좁은 골목과 비닐 포장에 덮힌 물건 사이를 지날 때마다 겁이 난다. 첫날보다 둘째 날이, 둘째 날보다 오늘이 더 섬뜩하고 무서운 것 같았다.

정연은 두 개의 아파트 단지와 시장통을 맡아 돌리는 지역이 넓지 않았기 때문에 자전거 뒤칸에 신문을 싣고 자신의 구역으로 이동했다. 오르막에 위치한 아파트는 이모가 배려해준 가장 수월한 배달 코스였다. 동 경비실에 한 부씩 서비스를 넣고 가장 고층으로 올라간다. 그리고 배달장부에 적힌 순서대로 내리 뛰면서 돌리면 된다. 비 올 걸 미리 알았는지 이모는 배달 장부를 미리 비닐 코팅해서 정연에게 건네주었다.

"○○아파트는 복도식이니까 신문 구멍에 그냥 넣으면 안 돼. 비가 들이치면 신문 다 젖는다."

"주머니에 넣는 집은?"

"녹즙에 물 묻었는지 꼭 확인해. 우리 쪽이 먼저 넣을 땐 그쪽이 알아서 젖지 않게 하더라."

"호올!"

"사실 아파트 배달은 껌이야. 우리 같은 베테랑은 아파트만 주로 해. 그래야 부수를 많이 돌릴 수 있지. 또 베테랑들이 오래 버텨주어야 지국도 운영되고 말야. 너 돌리는 곳 중에 험한 곳들이 시장통 상가인데 ○○번지 불독 할아버지랑 4층 집 조심해라."

이모는 다른 사람이 듣지 못하게 귓속말로 소곤거렸다.

정연은 아파트 28층부터 내려오면서 신문을 끼운 후 후다닥 다음 층으로 옮겨갔다. 새벽 운동도 하고 얼마나 좋은가? 맞다. 몸이 좀 고단하지만 마음은 또 얼마나 편안한가? 좋게좋게 생각하자 혼잣말을 했다.

112동부터는 계단 대신 엘리베이터로 이동했다. 빗줄기가 가늘어지기는커녕 굵고 세차져 옷과 운동화 속으로 거침없이 들어왔다.

'이렇게 비가 많이 올 줄 알았으면 장화라도 신고 올걸….'

후회해봤자 소용없는 일이었다. 뛸 때마다 찔꺽찔꺽 물이 흘러나왔다. 불쾌하기 짝이 없는 느낌이었다. 빗물이 고인 복도는 군데군데 물웅덩이가 되어 있곤 했다.

단지 내 세 동을 돌리고 나자 다리가 후들후들거렸다. 아직도 다섯 동이나 남아 있었다. 이모 말에 의하면 한 동에 100부 이상 들어가던 시절이 있었다고 했다. 두세 동만 돌리면 알바비가 나왔다는 말이다. 정연은 아파트 정문을 바라보며 잠깐 멈춰 섰다. 어둠 속에서 오토바이 한 대가 부아앙 소리를 내며 지나간다. 낯설지 않은 오토바이, 편의점 앞에 웅크리고 엎드려 있던 영준의 것이었다.

"저 녀석도 이 시역인가?"

정연은 입고 있는 비옷을 여미고 빗줄기를 뚫고 다음 동으로 뛰기 시작했다. 느끼한 자식을 새벽부터 또 보고 싶지는 않았기 때문이다.

"야, 거기!"

저쪽에서 먼저 알아보고 오토바이를 멈춘다. 정연은 못들은 척 꽁무니를 빼며 엘리베이터 버튼을 눌렀다.

'새벽부터 재수 옴 붙었어. 하필 저 자식이랑 같은 지역을 돌릴게 뭐람.'

정연은 영준에게 이질감을 느끼고 있었으므로 스토커처럼 뒤쫓아오는 게 아닌가 걱정이 되었다. 요즘처럼 사람을 만나는 게 두려운 때는 없었다. 끔찍한 범행을 저지르고도 아무렇지 않게 심신미약이니 뭐니 떠들어대는 걸 보면 낯선 사람은 안 만나고 보는 게 현명하다. 걸음은 빨라지고 마음은 급했다. 질 나쁜 녀석이 틀림없어. 날 언제 봤다고 '야!'라고 부르는 거야. 교양 없는 자식 같으니. 혼자 중얼거리며 계단을 두칸 씩이나 뛰어내려오다가 두 번이나 미끄러져 엉덩방아를 찧었다. 엉치뼈가 욱신거려서 한쪽 다리를 절면서 다섯 동을 돌고 나니 그제야 절반이 끝난 거였다.

골목시장으로 향하는 내리막길에 이르자 비는 더욱 세차게 퍼부어댔다. 눈앞에서 빗물이 맴돌다가 하수구로 빨려 들어간다. 가로등 불빛으로 그 광경을 보자 대낮에 보는 것보다 훨씬 공포스러웠다. 뉴스에서는 봄장마로 농작물 손실이 심하다고 연일 난리였지만 오늘도 비는 그칠 줄을 모르고 쏟아지고 있었다.

골목시장 안은 고요했다. 가끔씩 후두둑대며 떨어지는 빗방울 소리만 정적을 깨뜨렸다. 불이 꺼진 시장통에 물건들은 검은 천으로 뒤덮여 있었다. 불독 노인의 가게는 새벽부터 불을 환히 켜고 기계를 돌리고 있는 모양이었다. 털털거리는 소리를 입구에서도 들을 수 있었다. 고소한 냄새가 통로에 가득 차고 있었다.

정연은 환하게 불이 켜진 기름집을 보고는 시간을 확인했다. 5시. 다른 날에 비해 그렇게 많이 늦은 건 아니다. 이렇게 심한 비가 오는데 불독 노인도 그 정도는 봐주겠지 싶었다.

기름집 앞 평상에 인상 험악한 불독 노인이 앉아서 입구에 나타난 정연을 뚫어지게 바라본다. 뒤편 문 안에는 파마머리 할머니의 뒷모습이 보였다. 기름을 짜느라 잔뜩 구부린 채 기계에서 비어져 나오는 깻묵을 긁어내리고 있었다.

비옷 안으로 소름이 끼쳤다. 노인의 눈에서 벌써 고함소리가 들려오는 것 같았기 때문이다.

"신문 왔어요! 할아버지."

가는 귀 먹은 할아버지는 부리부리한 눈을 크게 뜨고 정연을 바라보았다.

"뭐이?"

목소리가 보통 사람의 두 배나 되는 것 같았다.

"별 말 안 했어요. 신문 왔다고요."

"아니 근데 왜 시간을 못 맞춰! 내가 여기 3시부터 나와 앉아 있어. 신문 볼라고. 앙?"

뭐 어쩌란 말인가? 아기처럼 누구한테 땡깡인가 싶었다.

"원래 돌리는 시간이 있고 전 학교 다니는 학생이라구요. 이맘 때쯤 신문 돌리는 것도 힘들다구요."

"아니 그럼 만 팔천 원 돈이나 내면서 보는데 그 시간도 못 맞춰?"

"그럼 라디오로 뉴스를 들으세요."

"두 눈이 멀쩡한데 왜 귀로 들어? 잉?"

정연은 이모가 왜 조심하라고 했는지 이해가 되었다. 이 노인은 싸우려고 작정한 사람이었다. 노인의 목소리가 점점 커지자 할머니가 나와서 말했다.

"학생, 미안해. 비도 오는데 어서 가봐."

"할아버지는 왜 이렇게 억지를 부리세요?"

정연도 화를 삭이지 못하고 인상을 찌푸렸다.

"할아버지가 하루 종일 하는 일이 신문 읽는 일뿐이라서 그래. 그래서 일어나자마자 여기 나와서 계속 기다린다우. 학생이 이해해줘. 내가 잘 타이를 테니 어여 가우."

정연은 할머니의 말을 듣고 뒤돌아 나왔다. 노인은 정연의 뒤꼭지에 대고 인사도 안 하고 가는 건방진 에미나이라고 욕을 해댔다.

비옷 안으로 비가 들이쳐 이미 속옷까지 축축해졌다. 안경 속으로 빗방울이 침범해 눈앞 풍경은 온통 불균형을 이룬 추상화 같았다. 렌즈 생각이 점점 더 간절해졌다.

"에잇, 못된 영감탱이!"

자전거를 끌면서 내일 또 저 노인네를 볼 걸 생각하니 눈앞이 깜깜했다. 이모가 조심하라고 한 두 번째 집으로 향할 차례였다.

시장 뒤편은 벽돌과 철근 더미로 어지러웠다. 새로운 빌라를 짓고 있는 공사판인 것이다. 단독 주택들은 사라지고 층을 올린 빌라로 옷을 갈아입는 중이었다. 4층 집은 공사 현장 옆에 뙤똑하니 서 있었다. 대문 앞에는 개조심이라는 팻말이 있어 대문 밖에서 어떻게든 4층으로 신문을 올려넣어야 했다. 정연은 비닐에 넣은 신문을 빗발 속으로 던져 올렸다. '픽'소리와 함께 신문이 벽에 부딪쳐 계단참에 떨어졌다. 4층 계단까지 올라가지 못한 것 같다. 다른 계단 물웅덩이에 빠져 있다면 집 주인은 당장 지국으로 전화를 걸어올 것이다.

"엄청 시끄러운 아저씨란다. 불독 영감하고는 차원이 달라."

이모가 신신당부한 두 번째 집이었다.

제대로 떨어진 건지 확인할 방법이 없어 대문을 열어보았다. 분명 개조심이라고 쓰여 있지만 개집에 개는 없는 것 같았다. 기척도 없고 두리번거리며 찾아도 개와 관련된 물건들, 밥그릇이라든가 평소에 질겅거리는 플라스틱 따위는 보이지 않는다.

다리를 물릴까 겁은 계속 났지만 그냥 나올 수 없어 살살 계단을 올라가 보았다. 신문을 보는 주인집은 4층이었다. 4층 주인과 지국이 서로 타협한 지점이 3층 계단참이라고 한다. 구독자인 주인은 까탈스런 사람으로 신문이 찢겨져 있거나 물에 젖어 있다는 둥 갖은 이유를 들어 다시 신문을 보내달라고 전화를 걸어온다고 했다. 그러면 배달원은 난처해진다. 다른 일을 하고 있거나 학생인 경우 다시 배달을 할 수 없게 되어 지국의 총무나 지국장이 대신 배달해야 하고 그 대신 욕바가지를 맞아야 하는 것이다. 새벽에 지국 안이 쩌렁쩌렁 울리도록 소리를 질러대던 아저씨가 떠올랐다. 목소리 데시벨이 일반인의 세 배나 되는 것 같았다. 그 욕을 받아먹다간 제 명에 죽지 못할 것 같았다. 왠지 불안했다. 할 수 없이 계단으로 걸어 올라간다. 시계를 보니 7시 40분이었다. 오늘은 망한 거 같다. 산성비에 쩔어 씻지도 못한 채 학교에 가야 할 판이다. 비는 오고 배는 고픈데 밥 냄새와 홍합탕 냄새까지 후각을 자극했다. 죽을 맛이었다.

"야, 이리 내려와!"

가로등 불빛에 헬맷 번쩍이는 게 보였다. 정연은 2층 계단참에서 빠끔히 대문을 내다보았다. 그 녀석이었다.

"거길 뭐하러 올라가려고 해?"

나를 따라오고 있었구나. 질척한 새끼. 얼마나 봤다고 이렇게 친한 척이래. 정연은 가로등빛에 번쩍이는 헬맷을 가만히 내려다보았다.

"내려오라니까!"

신문 로고가 찍힌 노란 우비를 입은 영준이 손까지 흔들고 있었다.

"왜 이래? 새벽부터 뭔 참견질이야?"

정연은 계속 모른 체할까 망설이다가 어물쩍 댓거리를 했다.

"내가 다시 던져줄게."

영준은 정연의 신문을 자신의 커다란 비닐에 넣어 딱지처럼 몇 번 접은 다음 휘익 던졌다. 신문은 힘있게 날아 손잡이에 사뿐 걸렸다. 비에 젖을 일이 없는 최적소였다.

와우! 4층을 담박에 뛰어넘는 고수였구나. 정연은 놀란 눈으로 영준을 바라보았다.

"많이 남은 것 같은데 내가 좀 돌려줄까?"

"싫어. 너한테 자꾸 신세지는 건 딱 질색이라고."

"학교 갈 시간도 얼마 안 남은 것 같은데…. 고수인 오빠 말 듣지 그러니?"

"오빠라고? 민쯩 까볼래? 나한테 너무 관심 많은 거 아니니?"

"넌 직진밖에 모르는 고지식이야."

"아닌데. 난 하나밖에 모르는 또라이야. 똘끼 빼면 시체야, 왜?"

"누가 뭐래? 우리 또라이끼리 잘해보자."

재수없네. 뭔가 구린 녀석이 자꾸 패밀리를 만들려고 하고 있어.

그나저나 정연은 이 비를 뚫고 학교에 가야 한다는 걸 걱정해야만 했다. 당장 때려치우고 싶은 학교. 당장 때려치고 싶은 일들. 이렇게 돌아 돌아 그림을 그려야 하는 걸까?

시계를 보니 도저히 지체할 수 없는 시간이 되고 말았다. 게다가 몇 번을 넘어지는 바람에 새벽부터 몸이 너무 지쳤다. 자존심따위 빨리 버리는 게 낫겠다 싶었다.

"배달장부 여기 있어. 저쪽 아파트만 부탁해. 미끄러져서 더 이상 돌릴 수가 없네."

"알았어. 하지만 공짜는 없어."

"뭐라고? 이상한 거 요구할 거면 그만둬."

"난 삐삐로 하나면 되는데."

픕. 정연은 과민 반응을 한 자신이 부끄러웠다.

"…그래. 꼭 보답할게."

정연은 대답 대신 울컥해서 안경을 벗었다. 안경 안으로 자꾸 빗물이 들어오는데다 영준이 말하는 게 너무 살가운 느낌이었다.

"배달장부는 어디로 가져가? 너네 지국으로 가져갈까?"

"됐고, 배달장부는 내일 어디선가 만날 거 아냐? 그때 줘. 내일 당장 써야 해서."

"그럼 편의점으로 와."

영준은 신문을 내리며 말했다.

"싫어. 내일 새벽에 여기서 만나. 나도 너처럼 던지는 거 연습할 거야. 한 번만 더 시범 보여줘."

"호오, 좋아. 내일 아침에 보자. 얼렁 학교 가시오."

정연은 시장통을 마저 돌리고 집으로 향했다. 4분의 1을 덜어냈을 뿐인데도 날아갈 것 같았다. 비호감 생면부지의 남자애에게 덥석 일을 맡겨버린 찜찜함과 미안함이 계속 남아 있었다.

4
다시 알파와 오메가

오전부터 날이 갤 거라는 일기예보를 믿고 학교에 갔으나 빗방울이 재즈 리듬을 타듯 굵어지다 가늘어지기를 반복하며 계속 내렸다. 정연은 으스스한 오한 때문에 학교 수업에 집중할 수가 없었다. 오전 내내 보건실에 누워 있다가 몸살기가 덜해지자 사물함에 박혀 있던 무릎담요를 꺼내 두르고 복도를 걸어 다녔다. 얼굴에서 열이 나는데 몸은 춥고 무릎이 아팠다. 몸의 회로가 모두 오류가 나서 각 기관이 제멋대로 움직이는 것 같았다. 예은이가 담요할망이라고 칙칙한 별명을 지어 정연을 놀려대자 주위에 앉아 있던 아이들이 와그르르 웃음을 터뜨렸다.

'못된 년들. 위로는 못 해줄망정.'

다른 때 같으면 함께 웃었을 테지만 정연은 함께 웃을 상황이 아니었다. 당장 내일 새벽에 또 신문을 배달해야 하기 때문이다.

시간이 지날수록 상태는 점점 심해져 의자에 앉아 있지도 못할 정도로 아팠다. 담임에게 뼈에 금이 갔다고 하고 교문을 어정어정 걸어 나왔다.

"나 아파, 엄마."

정연은 하는 수 없이 엄마에게 전화를 걸었다. 평소 사이가 좋지 않지만 끝판에 가면 어쩔 수 없이 엄마를 찾게 된다. 질긴 모녀 관계에 묶여 뱅글뱅글 그 언저리를 맴돈다.

엄마는 소음에 휩싸여 수화기에 소리를 질러댔다. 전화기 속에서 엄마네 추리닝 공장 미싱 소리가 고스란히 들려온다. 전기 미싱의 움직임, 라디오에서 흘러나오는 흘러간 가요, 음악 때문에 한껏 높아진 아줌마들의 수다 소리.

– 어디가 또 아픈 거야?

엄마 특유의 화를 내는 듯한 말투. 다정함이란 찾아볼 수 없는 건조한 말투에 자꾸 마음이 엉겨붙는다.

"온몸이 다 아프다니까. 병원 가야 할 것 같아."

– 며칠 전에 깁스했잖아.

엄마한테 아프다는 말밖에 할 줄 모르는 것 같아 점점 더 아픈 것처럼 말한다.

"거기 말고. 엉덩이 쪽."

정연은 침을 꼴깍 삼켰다. 생각해보니 도움을 청할 곳은 늘 엄마밖에 없었다. 엄마는 정연이 알바하는 것을 말렸다. 그 시간에 차라리 공부를 하라고 했다.

'난 공부가 중요하지 않아 미술을 할 거라고!'

정연은 반항했다.

'우리 형편에 너 미술하라고 학원까진 못보내. 네가 알아서 해!'

'알았다고. 참견 마. 내가 벌면 되잖아.'

엄마와 통화하는 사이로 그간의 일들이 정연의 눈앞에 파노라마처럼 펼쳐진다. 엄마와는 대화가 안 됐으므로 늘 대화 도중에 가슴을 치거나 말이 끝나지 않은 상태임에도 불구하고 발딱 일어나는 일이 많았다.

– …카드 줄게. 공장으로 와.

정연이 원한 건 그게 아니었다. 같이 있을 사람이 필요한 것이다.

"…"

"… 왜? 엄마도 같이 가야해?"

"어."

– 바쁜데….”

정연은 대답하지 않았다.

– …얼른 와.”

정연은 대답하지 않고 전화를 끊었다.

'당근이지. 난 지금 아프잖아. 아무리 쌀쌀맞은 엄마라도 아프

다는데 그러면 안 되는 거잖아.'

정연은 일부러 억지를 부려보았다. 심신의 고달픔이 좀 덜해지는 것 같다. 이렇게 대상을 정해놓고 투덜거리다보면 어느새 괴로움이 가라앉는 것 같았다.

엄마네 공장으로 가는 길은 카센타와 조그만 공장들이 오밀조밀 모여 있는 골목이었다. 같은 라디오 프로그램을 듣는지 디제이의 웃음소리가 까르르 울리고 나면 다음 집에서 음악이 시작되고 있었다. 정연은 엄마의 일터를 찾아가며 생각했다. 왜 엄마와는 이렇게 아플 때만 화해가 되는 걸까?

미싱 공장 앞에서 다시 전화를 걸었다. 신호가 지루하게 계속되다가 딸깍 통화 화면으로 넘어갔다. 늘 라디오에서 흘러나오는 가요가 미싱 돌리는 소리와 범벅이 되어 창문 밖으로 흘러나왔다. 비가 갠 후여서 그런지 엄마가 올라오는 지하 계단마저 말끔해 보였다. 환풍기를 늘 돌리고 있는데도 부연 안개 속에 잠긴 듯한 곳이었다.

"어디가 아픈 거야?"

엄마는 점퍼에 한쪽 팔을 끼우며 물었다.

"뼈에 금이 간 거 같아."

아직 밝혀진 것은 아니었으나 정연은 아프다는 것을 강조하기 위해 그렇게 말했다.

"뭐 하다 그랬니?"

"운동장에서 넘어졌어."

정연은 거짓말을 했다. 신문 돌리다가 그렇게 됐다는 말을 했다간 신문 일을 소개해준 이모마저 언니인 엄마에게 된통 당할 것이기 때문이다.

"다 큰 애가 넘어지고 그러니? 정형외과로 가야겠네."

정연은 계속 엄마에게서 어떤 비난을 들을까 조마조마했으나 다행히 거기에서 끝이 났다. 정형외과 의사는 엑스레이 사진을 들여다보며 정연의 엉덩이뼈에는 이상이 없다고 했다. 이상했다. 금이 간 게 확실한데. 그렇지 않고서야 이렇게 아플 수가 있단 말인가? 정연은 믿을 수 없어서 고개를 갸우뚱거렸다. 엄마는 옆에 앉아 귀를 후비며 말했다. 속으로 자신을 욕하고 있을 거란 생각이 들자 정연은 말을 잃었다. 엄마의 귓불이 움직일 때마다 귀찌들이 부딪치며 짤랑거렸다.

"이쁜 짓만 하네. 학교 빠지고 싶어서 그런 거니 너?"

엄마는 미간을 찌푸리며 정연을 쏘아보았다.

"아니라니까. 엄마는 알지도 못하면서!"

정연은 아무 이상 없다는 의사 선생님보다 옆에서 자신의 의도를 의심하는 엄마가 더 미웠다. 엄마는 언제나 정연의 안티 세력이었던 것이다. 뭔가에 몰두하려하면 엄마의 잔소리에 맞닥뜨리게 되고 결국은 치고박고 싸우게 되는 사람이 엄마였다. 물론 정연은 지지 않는다. 악착같이 싸워서 자기 뜻대로 밀어붙인다.

그 끝은 좋지 않다. 그 몰락의 와중에서 붙잡을 사람이 엄마밖에 없을지라도 마지막까지 염소 뿔을 들이받고 있는 거다.

혹시 모르니 당분간 물리치료를 받아보라고 의사는 말했다. 의사를 마주보며 나란히 앉은 있는 모녀는 말이 없었다. 어릴 적부터 다소곳하지도 않았지만 좌충우돌하느라 정신을 못 차리는 자신을 불쌍하게 보지나 않을까 정연은 걱정이 되었다. 다른 것보다 동정을 받는 게 가장 싫었다. 안 되는 놈은 뒤로 넘어져도 코가 깨진다더니 꼭 그 말이 들어맞는 것 같았다. 병원비를 계산하고 있는 엄마 뒤에서 정연은 전화를 했다. 이모에게 뼈에 금이 가서 당분간 배달 알바를 할 수 없노라고 거짓말을 한 것이다. 이모는 한숨을 내쉬고는 가타부타 말이 없었다. 정연은 기어들어가는 목소리로 미안하다고 했다.

– 됐어, 배달장부나 갖다 줘.

이모는 다시 돌아오라거나 몸조리 잘하라는 말도 하지 않았다. 너무 많은 아이들이 쉽게 알바를 하겠다고 오고 어찌어찌 그만두는 것을 보아왔기 때문인 것 같았다. 미안하긴 했으나 어쩔 수 없는 일이라고 생각했다. 정연은 더 이상 몸을 움직이다 다치는 육체노동을 하지 않겠다고 생각했다.

그렇게 결심하고 나자 확실해지는 게 있었다. 두 시간만이라는 유혹에 빠져 며칠을 발버둥치고 나니 열여덟 해를 살아온 자신의 몸이 206개의 잘디잔 뼈로 이루어져 있을 뿐이며, 277킬로

그램의 하중 밖에 견디지 못한다는 것을 확실히 알게 된 것이다. 세상의 많고 많은 어마무시한 노동을 다 소화하지 못한다는 것도 알게 된 것이다. 정연의 자신의 귓속에 있는 가장 작은 뼈를 생각했다. 2밀리미터의 등자뼈로 소리의 진동을 전달해주는 망치 모양의 머리뼈였다. 한계가 있는 뼈다귀를 이끌고 뭔가를 이루기 위해서는 '돈'이 문제였던 것이다.

저녁을 먹는 둥 마는 둥하고 학교 앞 '알파와 오메가' 편의점으로 향했다. 낮 동안 잠깐 멈춰 있던 빗방울이 조금씩 흩뿌려지고 있었다. 일을 그만두지 않았다면 또 끌탕을 하며 알바를 걱정했을 것이다. 영준에게 떠맡겨버렸던 배달장부를 찾아 나선 시간은 저녁 7시였다. 폐기 음식 입력 시간. 집 없이 오피스텔에 살고 있는 영준이 늘 편의점에 있는 시간이었다. 유통기한을 갓 넘은 음식들이 영준에게 가고 나머지는 정연네 학교 중고딩들에게 간다. 영준이 일하는 시간은 아니었으나 예은에게 물어 그애 연락처라도 따야겠다고 생각했다.
편의점 문을 열자 폰에서 눈을 뗀 예은이 손을 흔들었다.
"걷는 게 왜 그래?"
"넘어져서. 물리치료 받으러 다녀."
"헐, 그래서 학교에선 담요 쓰고 다닌 거야? 참말 눈뜨고 못 볼 광경이더라."

예은이의 말을 들으니 정연은 자신이 좀 심했나 싶었다. 1, 2
교시를 담요를 덮고 자고 나니 몸살 기운은 싹 달아난 것 같았다.
국사샘과 수학샘이 혀를 차고 교실이 여관방이냐고 한마디씩 했
지만 교무부장인 윤리샘처럼 깨우지는 않았다. 그 덕에 병을 하
나 물리친 거였다. 하지만 진짜 힘겹고 아플 때 누구 하나 알아주
지 않고 반 전체가 자신을 희화화하는 게 서운하기 짝이 없었다.

"아침엔 몸살이었고, 지금은 엉치뼈에 금간 거 때문에."

"진짜야? 그럼 움직이지도 못할 텐데."

"내가 원래 내색을 잘 못하잖아. 속으로 안간힘을 쓰고 있는 거
야. 미술 학원비 대느라 이렇게 지옥을 헤매고 있다니까."

"그런데도 너희 엄마가 학원비도 안 대준대?"

"야, 학원비는커녕 재료비 대달라는 것도 안 된단다."

"뭐야? 새엄마임?"

"그래. 맞는 거 같아."

정연은 붉은색 머리를 후후 불며 매장을 둘러보았다. 번쩍이
는 담배 판매대. 컵라면을 먹을 수 있는 시식대를 보자 얼마 전
계산대를 보던 시절이 떠올랐다. 편의점이 갑인데… 그리웠다.

"그건 그렇고. 그 느끼남 어딨어?"

"영준이?"

"어."

"우리 영준일 왜 찾니?"

"받을 게 있어서."

"창고로 가봐. 거기 있을 거야."

"일하는 시간 아닌데 나와 있는 거야?"

"우리 영준이가 원래 그래요. 폐기 시간 지나서 학교 애들한테 인심 쓰고 있는 중이야."

"사장님이 허락한 거야?"

"사장님은 좋아하지. 편의점이 쟤 때문에 완전히 광고됐거든. 근무 시간도 아닌데 나와서 솔선수범하는 건데 싫어할 꼰대가 있겠냐?"

정연은 복도를 돌아 편의점 창고 쪽으로 향했다. 영준이 폐기 도시락과 삼각김밥을 아이들에게 나눠주는 중이다. 이 편의점은 정연네 학교 후문과 가까이 있어 아이들이 실내화 차림으로 학탈(학교 탈출)을 해서 얼음 음료를 사 먹곤 한다. 학교 매점에는 편의점만큼 다양한 먹거리가 없기 때문이다.

영준은 학탈 중딩 두 명과 수다를 떨고 있었다. 정연은 대화가 끝나기를 기다렸으나 끝날 기색이 안 보이자 영준의 어깨를 툭툭 쳤다.

"웬일이야?"

"배달장부 가지러 왔어."

"내일 아침에 나오기로 했잖아."

"일을 못 할 거 같아. 뼈에 금 가서."

"헐, 어쩌다 그랬냐?"

"… 어제 넘어졌잖아. 두 번이나. 돈 벌어야 하는데 큰일 났어."

"울 사장님이 주말 아르바이트 더 쓴다고 하던데."

"정말? 예은이가 아무 말 안 하던데?"

"내가 더 소식통이야. 사장이 재계약 기간이라 주말에 돌아다닐 건가 봐. 얘기 있을 거니까 등본이나 준비해."

"정말?"

"근데… 알아둬. 여기 월급 밀린다. 떼어먹진 않았는데 얼마 전부터 포기하고 나간 애들이 몇 있어."

"그건 안 되는데. 왜 포기를 하는 거야?"

"네 친구 예은이도 있고, 나도 하루 이틀 일한 게 아닌데 그럴 리 없겠지만 미리 알아두긴 해야 한다."

"너도 못 받은 돈이 있는 거야?"

"물론이지. 예은이도 몇 달은 밀렸을걸."

"그럼 불안해서 어떻게 일하냐?"

"그런 게 신경 쓰이면 일 못 해. 여기저기 떠돌면서 너처럼 몸을 망가뜨리든지."

"…야, 지금 누구 염장 지르는 거야?"

정연은 폐기 난 삼각김밥들을 뒤적거렸다. 비싼 도시락도 두 개나 나왔지만 볶음 김치 사이로 흐르는 정체불명의 물기 때문에 손이 가지 않았다. 정연이 집어올린 것은 참치마요 삼각김밥이었다.

영준이 배달장부를 가지러 간 후 낯선 신사가 정연 쪽으로 왔다.

"영준이 편의점에 나와 있죠?"

말끔한 양복 차림의 신사였다. 머리는 반 이상 셌지만, 얼굴은 주름 없이 온화했다. 그레이색. 정연은 꼬들꼬들한 김밥 알갱이를 씹으며 생각했다. 안정된 직장, 갈등 없는 집안, 배려와 조화. 묘하게 낯이 익다.

"에. 누구신데요?"

"좀 아는 사람이오."

가지런히 넘긴 머리가 희끗희끗했다. 머리털이 삐죽삐죽 솟아 있는 영준과는 어울리지 않는 신사였다.

"뭐 가지러 갔어요. 곧 올 거예요."

신사는 시계를 들여다보며 영준을 기다렸다. 모퉁이를 도는 영준을 보자 정연은 남은 김밥을 털어 넣고 뛰어갔다.

영준은 오토바이 헬멧 속에 넣어두었던 배달명부를 통째로 가지고 왔다.

"궁금한 게 있는데…."

별로 친하지도 않은데 이런 걸 물어봐도 되나 싶었다. 우물쭈물하자 영준이 빙글거렸다.

"나한테 관심 있구나! 땡큐."

"어휴, 그만 좀 해라."

정연은 폐기 박스 앞에 서 있는 신사를 가리켰다.

"저 아저씨…."

영준의 표정이 점차 어두워졌다. 누구냐고 묻는 정연의 말을 싹둑 잘라먹고 신사 쪽으로 걸어갔다.

"쳇."

싸늘한 표정의 영준은 왠지 낯설었다.

5
검은 손의 정체

　예은의 추천이 없었다면 아마 정연은 '알파와 오메가'에서 등본을 써먹을 일이 없었을 것이다. 주말 알바를 하겠다고 연락한 20대 청춘도 네 명이나 있다고 했다. 예은의 깔끔한 일솜씨가 없었다면 비슷한 처지의 정연을 뽑지 않았을 거라고 했다. 사장과 사모는 한껏 거드름을 피우며 말했다. 힘이 팔팔한 20대 백수들 대신 고딩을 채용하는 점포는 그리 많지 않을 거라고 덧붙이기도 했다.

　"친구를 나란히 채용하면 꼭 문제가 생기더라. 정연 학생 얘기하는 건 아니지만 말야."

　몸집이 작은 사장은 테이블에서 떼글떼글 소리가 나도록 한쪽다리를 떨어댔다. 정연을 반기는 분위기가 아니었기 때문에 잔뜩 의기소침해져 붕대를 최대한 눈에 띄지 않도록 식탁 아래로

숨겼다. 애가 달았다. 이곳이 아니라면 학원은 쉬어야 한다. 몸이 아프거나 천재지변이 일어나지 않는다면 학교에 가야 하는 것처럼 정연에게 학원 또한 빠질 수가 없는 곳이었다. 입시는 새록새록 가까워지고 있는데 걱정이 태산이었다.

플라스틱 탁자에 손을 올려놓은 채 다리를 떨고 있는 사장 대신 사모가 말했다. 자신들을 곤란에 빠뜨려서는 안 된다는 것이다. 함께 나가버린다거나 악성으로 흑색선전을 해댔던 알바생 이야기를 하며 정연을 힐끗 쳐다본다. 함께 앉아 있던 예은은 정연이 여태껏 자신의 힘으로 학원비를 감당했다는 걸 몇 번이나 강조했다. 지금 정연에게 돈이 얼마나 간절한 시기이고 그만큼 성실하고 책임감 있게 일할 친구라는 것을 강조했다.

"예은이 말을 믿고 채용하도록 할게. 지난번에 해봤으니까 잘할 수 있지?"

"그럼요. 감사합니다. 정말 열심히 할게요."

정연은 머리를 깊이 숙여 인사를 했다. 병원을 다녀온 직후 우울감은 십리 밖으로 달아난 기분이었다. 30평 남짓한 편의점에 신경을 건드리는 사람이 아무도 없다. 필요한 공산품과 식품이 거의 다 비치되어 있어서 화장실을 갈 때 빼고는 빗속을 달려야 하는 일이 없는 것이다. 점주에게 계속 삼시를 당한다 쳐도 스케치를 하며 잊어버리면 된다. 미술학원 원장님이 숙제로 내준 스케치는 반도 채우지 못한 채 들고 다니기만 하고 있다. 손님이 없는 시간은 그림을 그리는 시간으로 활용할 것이다. 주말을 알바 감옥에서 꼼짝없이 보낸다 해도, 유제품과 빵류가 산더미처럼 배달되어 매대 정리가 천만년이 걸린다 해도 양정연 알바 인생이 좀 업그레이드된 것은 확실했다.

정연은 물티슈를 꺼내 카운터 주위를 닦았다. 둘러보니 연두색 데스크가 다 닳아서 색이 바래고 반들반들한 질감이 그대로 드러났다. 길고 긴 주말 시간, 언제 들이닥칠지 모르는 손놈들을 대비해야 하므로 할 수 있는 일은 정해져 있었다. 가벼운 책 읽기, 스케치, 폰 만지기 등이다. 알바생들 대부분이 진지한 자기만의 시간을 꿈꾸지만 한 달쯤 지나면 그냥 손을 놓고 멍 때리게 된다고 한다. 유리문 밖에서 본 편돌이 편순이는 행인들을 구경하거나 TV 시청, 폰질 등으로 시간을 보내는 것처럼 보였다.

알파와 오메가에 근무하고 있는 알바생은 정연을 포함해 총 네 명이다. 주중 오전 알바 삼수생, 주중 오후 알바 예은이, 심야 알바 영준이, 주말 알바 정연, 나머지 시간은 사장 부부가 번갈아 편의점을 지키고 있다. 예은이의 부탁으로 금요일 저녁도 정연이 하기로 해서 미술 학원비는 얼추 빠질 수 있을 것 같았다.

정연은 기쁜 마음에 취업 축하 파티를 학교에서 한 번, 편의점에서 한 번 하기로 했다. 예은이와 미술부 시포라들에게는 학교 축제 때 맛있는 걸 쏘기로 하고, 영준과는 콜라보 브이로그를 찍기로 했다. 영준에 대한 찜찜함이 남아 있긴 했지만, 영준에게 있는 뭔가 특별한 느낌이 정연을 강하게 끌어당겼다.

4층까지 날아올라가는 신문, 홀로 날아가는 정연. 기적이 일어 날 수 있을까? 영준의 폰 번호를 받고 처음 물어본 것이다.

"궁금한 게 있어."

– 뭔데?

"4층까지 신문을 올리는 거 네가 개발한 거야?"

– 개발이라고까지 할 건 없고. 나 정도 짬밥이 되면 그냥 할 수 있어.

"어떻게?"

– 닥치면 하게 돼. 잘 생각해봐. 신문 한 부 돌리는 데 10원 이야. 그 돈 받고 4층까지 언제 뛰어 올라가냐? 차라리 온 신경을 거기에 모으고 방법을 찾는 거지. 뼛속까지 집중해서 말이야.

영준은 오만상을 찡그리며 뼈를 강조했다. 빗속을 날아가던 신문은 정말 경이로웠다. 그런 방법이 있었구나! 죽으란 법은 없구나 싶었다.

"말이 쉽지. 누군 안 그러고 싶나?"

– 맥 빠지는 소리 말고 행동을 하란 말이야. 일단 신문을 최대한 작은 부피로 접어. 그리고 팔의 각도를 잘 맞춰야 해. 야구공 던지듯이 뒤로 젖혀 던지면 이 녀석은 가장 높은 곳까지 튀어 올라. 그게 4층이야. 5층은 무리야. 벽에 냅다 던지면 부딪히면서 묶였던 게 탁 풀리고 계단에 사뿐 내려앉는 거지. 그러면 우리의

소중한 5분이 확보되는 거야.

"그런 걸 아는 네가 더 놀랍다."

– 별거 아닌데⋯. 집중하면 전혀 다른 게 보인다니까.

"편의점에서 만난 아저씬 누구야?"

– ⋯ 있어. 나랑 콜라보 찍는 거 날짜나 잡자.

콜라보 브이로그 말이 나오자 정연은 급 관심을 보이기 시작했다. 어떤 콘셉일까? 오토바이에 꼭 닿아 있는 건 알겠는데 일상이 온통 바쁨 바쁨으로 가득 찬 정연과는 달리 다른 사람들의 부탁은 대부분 들어주고 얼병이 같은 여유작작이 있었다. 하여튼 정연 자신이 생각지 못한 브이로그가 나올 것 같아 가슴이 두근거렸다.

'당근당근'

앱 벨이 울렸다. 당근 마켓은 지역별 중고물건 직거래 앱이다. 애타게 찾던 채색 연필 36세트나 브러시 펜 96색을 헐값에 득템하고부터는 자주 들락거리는 곳이었다. 처음에는 미술용품을 주로 찾아보았지만, 시간이 지나면서 올라오는 다양한 상품을 찜해놓기도 하고 친구들에게 소개해주기도 했다.

오늘 올라온 상품은 모카골드 심플라떼, 휴대용 선풍기, 컵라면, 학생용 쿠션 등이다. 올라온 물품 목록을 훑어보던 정연은 눈에 익은 상품들을 클릭해 확대해 보았다.

'어, 이거 낯 익은 것들인데⋯. 우리 편의점 물건들 아냐?'

정연은 매장을 둘러보았다. 휴대용 선풍기는 대놓고 편의점 마크가 붙어 있기도 했다. 공통점은 모두 서비스 상품. 손 선풍기 1+1, 컵라면 2+1, 학생용 쿠션 증정품. 굳이 알리지 않는다면 손님들이 챙길 일 없는 물건인 거다. 올린 이는 욜로족 추장. 욜로족 추장?

'○○2, 3동이면 이 근천데?'

정연은 채팅창을 열어 문자를 보냈다.

– 휴대용 선풍기 사고 싶어요? 몇 개 있나요?

대답을 기다리며 화면을 들여다보았다.

'당근당근.'

– 세 개 있어요.

– 언제 어디로 가면 살 수 있나요?

– ○○구청 앞으로 6시에 오시면 대요. 맥주 한 박스도 있는데 안 사실래요?

글자 막 틀린다. 무식이 통통 튀는 미개인이구먼. 정연은 손가락을 놀리며 생각했다.

– 헉. 저 학생인데요. 엄마한테 물어보고 쳇 올릴게요.

– 예. 싸개 드릴게요.

정연은 욜로족 추장 정체를 알게 될 거란 생각에 가슴이 두근거렸다.

구청 앞에 물건을 들고 서 있는, 그 욜로족 추장을 만난다. 커다란 눈망울이 정연에게 머물고 그는 당황한다. 까칠한 머리카락을 긁으며 도둑질을 무마하려 한다. 하지만 정연은 어디서 난 물건인가 물으면서 다그친다. 얼굴이 벌게진 율로족 추장, 영준은 말을 잇지 못한다. 상습적으로 도둑질한 것을 정연에게 들키는 순간이다.

'도둑놈!'

정연은 손가락을 놀리면서도 계속 그 생각을 하고 있었다.

엮이지 말자, 도둑놈이다, 바늘 도둑이 소 도둑 된다는데 언젠가 감옥행을 예약한 놈이다. 나쁜 새끼다!

맥주를 좋아하는 엄마 아빠 생각이 나 공장으로 전화를 했다. 엄마는 휴대폰으로 전화 받는 걸 싫어했다. 통화료가 더 나온다는 거였다.

"엄마, 맥주 한 박스 싸게 살 수 있는데 사다 줄까?"

– 엉? 얼만데?

"한 박스에 만오천 원이래. 원래 4만 원이라는데?"

– 어디서 그렇게 싸게 팔아? 대박이네! 얼른 사와.

"내 취업 기념으로 사다 주는 거야. 다음번엔 엄마가 돈 내."

– 알았어. 반은 이모한테 팔아야겠다.

"얼마에 팔 건데?"

– 제값 받아야지.

"동생한테 그렇게 받는다고?"

－ 바가지 씌우는 것도 아닌데 뭘. 싫으면 관두라고 하면 돼.

엄마는 이모에게도 공짜로 무언가를 주지는 않는다. 자기만의 돈을 만들어 보세 옷가게를 차리는 게 꿈이었다. 결혼 후 만삭 때까지 미싱을 돌려야 했던 엄마는 돈이 되지도 않는 미술을 하겠다는 정연을 인정하지도 않았을 뿐 아니라 학원비를 내놓지도 않았다. 오직 묻지도 따지지도 않고 좋아하는 것은 귀걸이 목걸이 같은 장식품, 그리고 옷과 술이다. 퇴근 후 술을 마신 아빠, 엄마는 얼마나 헤헤거리고 좋아하는지 모른다. 밖에서 마시면 돈이 많이 든다고 저녁을 먹고 꼭 한두 잔씩 마시는 게 습관이 되어버렸다. 엄마는 그 지점에서 잠자리에 들고 다음날 말짱한 얼굴로 일터로 나간다. 문제는 아빠였다. 아빠는 치근덕거리고 울고 소리 지르고 욕을 해대며 한바탕 소란을 피우고 난리를 피운 후에야 양말도 벗지 않은 채 잠이 들곤 한다. 아빠가 하는 일이 노가다라 불리는 일용직이기 때문에 말끔할 필요가 없지만 원래 준수한 아빠의 외모가 나이 들수록 엉망이 되어가는 게 정연은 안타깝기 그지없었다.

정연은 장마가 끝난 후 말끔해진 도로를 걸어갔다. 약속 장소가 가까워질수록 가슴이 두근거렸다. '욜로족 추장'이라고? 손톱의 까만 때와 4층을 날아 올라가는 신문과 바람을 가르고 달리는 오토바이가 함께 눈앞에 떠올랐다. 신문을 만지면서 손이 더러워진 건 그렇다 치자. 힘들어서 찌들어 보여야 하는 거 아닐까? 정연에겐 밥을 먹여주고 학교를 보내주는 부모는 있지 않은가? 영준은 분명 정연보다는 유복하지 않은 가정사를 가진 게 확실했다. 어쨌든 영준의 정체를 알아낼 수 있는 모처럼의 기회를 잡았다고 생각하자 형사처럼 긴장감이 느껴졌다.

○○구청 정문에 남자가 서 있었다. 투 블록으로 깎은 머리가 고개를 흔들 때마다 출렁거린다. 정연은 남자 앞으로 다가갔다. 키 작은 남자는 긴장한 듯 눈을 깜빡거리며 상대가 쳐다보며 먼저 말을 걸 때를 기다렸다.

"저, 당근마켓 거래하러 왔는데요."

정연은 남자가 들고 있는 손풍기 두 개를 가리켰다.

"아, 예. 3천 원입니다."

대답하는 게 왠지 어색하다. 정연은 천 원짜리 지폐를 건네주며 물었다.

"맥주 한 박스는 어디 있어요?"

"맥주요? 어, 그런 얘기 없었는데요."

"누가요?"

"형이 이것만 줬는데요."

"심부름 값으로 쓰라고 한 거군요."

"… 예."

당근마켓에 글을 올린 사람이 당사자가 아닌 모양이었다.

68

"이걸 파는 분은 어디 계시는데요?"

"다른 데서도 연락이 와서요. 팔러 나갔어요."

남자애는 래퍼처럼 유연하게 모자를 뒤로 돌리며 카톡을 보냈다. 얼추 자신과 같은 또래, 풀마(플러스 마이너스) 한 살 정도. 정연은 남자의 뒷모습을 보면서 가늠해보았다. 전갈 무늬 타투가 목을 타고 귀 뒤까지 올라가 있었다. 165센티미터 정도 되는 작은 덩치에 저렇듯 요란한 전갈이라니. 정연은 고개를 돌렸다.

"조금만 기다려주시겠어요? 제가 지금 얼른 갔다 올게요."

"물건 하자는 없는 거죠? 있으면 안 살 거예요."

"절대 그럴 일은 없어요. 엠창 까요."

소매 사이로 보이는 팔목에도 온통 타투 자국이었다. 쯧쯧 어둠의 자식들 같으니라고.

구청 옆 고시원 골목으로 뛰어가는 그를 정연은 유심히 보고 있었다. 타투 남이 사라진 얼마 후 당근 소리와 함께 문자가 떠올랐다.

- 죄송요. 다른 분과 헷갈려서 못 가져갔네요.

- 다음에 살게요. 빨리 가봐야 해서요.

정연은 찜찜한 마음으로 손선풍기만 가지고 가야겠다고 생각했다.

- 잠깐만요 더 깎아서 만원에 드릴게요. 가져가세요.

- 그럼 본인이 가져오세요. 기다릴게요.

－ 제가 다른 곳에 나와 있어 오늘을 못 나가고요. 맥주는 몇 개 더 있으니 다음엔 제가 나갈게요. 이 가격에 어디서 못 사십니다.

정연은 당근 알람을 끄고 고시원 쪽 골목을 바라보았다. 타투 남이 허겁지겁 상자를 들고 뛰어왔다.

'욜로족 추장, 다음번엔 꼭 네 정체를 밝히고 말테야!'

정연은 맥주 상자를 들고 전철역으로 향했다. 손선풍기는 동생에게, 맥주 한 박스는 부모에게 줄 것이다. 만삼천 원으로 가족들에게 알바 턱을 내게 된 건 정말 절묘한 타이밍이긴 했다.

6
칵테일 바

안녕하세요, 여러분. 빨간 머리 연이 돌아왔습니다.

오늘은 제가 '알파와 오메가'에 출근한 지 일주일이 되는 날입니다. 이 브이로그는 '편돌이 Y'의 브이로그로도 나갈 거예요. 많이 많이 구독해주시기 바랍니다. 편돌이 Y 님은 머릿속이 창의력으로 가득 찬 분이신데요. 이제 여름이 다가오잖아요. 이때 싸고 맛있는 음료 즐기기 편을 준비했어요. 요즘 편의점에 각종 얼음 음료들이 들어오고 있는데 그걸 잘 활용하면 카페의 어마무시하게 비싼 음료수보다 백 배 맛있고 저렴한 음료를 즐길 수 있다는 것이죠.

혹시 이 브이로그를 보면서 판타스틱한 음료를 즐기고 싶으시다면 꼭 한 번 따라 해 보세요. 우선 준비할 음료를 먼저 말씀드릴게요.

준비물은 코코팜과 자몽에이드, 블루레모네이드와 밀키스, 아이스 초콜릿과 항아리 바나나 우유, 아메리카노 커피와 편의점 유자차입니다. 편의점에서 늘 볼 수 있는 제품들이죠.

자, 이번에는 이런 기발한 제품을 창조해내신 Y 님을 모시겠습니다. 짝짝짝 어서 오세요.

– 안녕하십니까? 빨간 머리 연님. 저의 브이로그에 출연해주셔서 감사합니다. 한 말씀 하시지요?

– 안녕! 안녕! 반갑습니다. 제가 여러 가지 콘텐츠를 준비하고 있는데 그중 여러분에게 소개하고 싶은 거예요. 우선 준비물이 필요한데요. 두 개의 음료수를 섞어 두 명이 나눠 마시는 겁니다. 그러면 한 명당 2,000원 안팎의 돈으로 정말 맛있는 음료수를 마실 수 있는 거죠.

네, 감사합니다.

일단 저희도 준비물을 가지고 다시 이 자리로 돌아오겠습니다.

(음료수를 준비하고 종이컵을 마련한다. 4배속으로 카메라를 돌려 네 개의 손이 빠르게 움직이고 카메라 앞에 여러 개의 음료수 캔과 병이 모여 있다.)

여러분!

우선 코코팜과 자몽에이드를 1대 1의 비율로 섞어보겠습니다.

연두빛 투명한 코코팜과 분홍빛이 도는 자몽에이드가 만나면 어떤 색깔이 될까요? 투명한 초록빛이 붉은 자몽 속을 헤엄치듯 퍼지고 있습니다. 잘 퍼지도록 Y 님이 빨대로 저어주고 있습니다.

와, 정말 신비한 자줏빛이 되네요. 비주얼상으로 품위가 느껴지지 않습니까? 그러나 가격 2,700원입니다. 너무 싼 거 아닙니까? 두 사람이 나눠 마시면 1,350원. 거기에 얼음까지 들어 있어. 이거 실화입니까? 컵에 들어 있는 얼음을 하나씩 떨어뜨려 보겠습니다. 얼음이 너무 많이 들어가면 비주얼을 망칠 수 있기 때문에 최대한 맞춰보도록 할게요. 투명한 얼음이 들어가니까 더 신비스러워 보이시죠? 한 다섯 개 정도 들어가면 대박인데요.

이제 다가올 여름, 이 음료 컵을 들고 학교의 등나무 공원을 돈다면 어느 누가 부럽겠습니까? 빨강머리 처녀의 외출! 멋지지 않습니까?

Y 님, 이리 오셔서 저랑 건배하실까요?

(영준과 정연 건배한다. 한 잔 마시고 컵을 보며 그윽하게 음미한다. 다음 순간 띠용 눈을 깜빡이며 막춤 춘다. 4배속으로 틀어 막춤은 더 경박스럽고 우스꽝스럽다.)

자, 두 번째 우리의 선수는 무엇입니까?

블루레모네이드와 밀키스입니다. 투명한 파랑 블루레모네이드에 흰 밀키스를 섞습니다. 둘이 합쳐지자 부드러운 하늘색으로 다시 태어납니다. 정말 예쁘네요. 일단 비주얼은 합격입니다. 그리고 얼음은 넣을까요? 말까요? Y 님 조언 부탁드려요.

　- 이 음료는 불투명한 매력이 있기 때문에 투명한 얼음은 안 넣는 게 나을 것 같습니다. 그 대신 차가워야 하니까 스무디의 느낌으로 냉동실에서 살짝 얼리는 건 어떨까요?

　오, 그거 좋네요. 네 냉동고에 잠깐 얼려오도록 하겠습니다.

　(카메라 4배속으로 틀어준다. 영준 냉동고 쪽으로 가서 얼려오고 둘이 건배를 한다. 한 잔 마시고 컵을 보며 그윽하게 음미한다. 다음 순간 똑같이 띠용 눈을 마주치며 막춤 추기 인증 샷.)

　이 맛은 시원한 바람을 맞으며 그물침대에 누워 있는 느낌. 힐링의 느낌이에요. 그런데 오해하진 마세요. 저희는 제품 홍보를 하는 사람 아닙니다. 여러분과 똑같은 편순이 편돌이의 고단한 인생을 사는 10대들이랍니다. 맛있는 음료를 싸게 즐기는 것이 우리 모두의 소망 아니겠습니까?

　아무튼 두 번째 음료까지 저희가 성공했고요. 이 유튜브 영상이 도는 순간 정말 어마어마한 후폭풍이 몰려올 겁니다. 왜냐고요? 이 콘텐츠는 정말 대박이기 때문입니다.

　세 번째 달콤하고 보드라운 밀키밀키 느낌의 음료수를 만들어 보도록 하겠습니다.

아이스 초콜릿 팩과 항아리 바나나 우유입니다. 이 둘의 조합 정말 기대됩니다. 아이스 초콜릿은 짙은 고동색입니다. 항아리 바나나 우유는 옅은 노랑입니다. 두 개를 조금씩 섞어보도록 하겠습니다. 둘이 뒤섞이는 모습 또한 멋집니다. 제가 바텐더라면 손님을 위해 서비스 차원에서 섞는 과정을 충분히 보여드릴 거예요. 그러면 맛이 훨씬 강해지지 않을까요? 불투명한 원목 빛이 되었습니다. 역시 얼음은 띄우지 말고 살짝 얼리는 편이 좋을 것 같습니다.

네, 역시 Y 님 실험 부탁합니다. 1대 1의 비율로 잘 섞어보았습니다. 자극적이진 않지만 뭔가 부드럽고 안정감이 느껴지지 않습니까? 역시 3,000원 안쪽의 가격으로 두 사람이 즐길 수 있는 아주 착한 음료수라 할 수 있지요. 스무디 느낌으로 살짝 얼려보도록 하겠습니다.

(4배속으로 틀어준다. 영준 냉동고 쪽으로 가서 얼려오고 둘이 건배를 한다. 한 잔 마시고 컵을 보며 그윽하게 음미한다. 다음 순간 똑같이 띠용 눈을 깜빡이며 막춤 추기 인증 샷. 둘의 춤은 점점 자연스러워진다.)

오늘의 하이라이트 어둠 속의 향연, 블랙커피와 유자차의 만남입니다.

콜드브루 블랙커피 1,600원, 유자차 1,000원으로 역시 3천 원이 넘지 않아요. 우선 블랙커피에 유자차를 섞습니다. 비주얼은 짙은 검은색, 섞고 나서도 똑같이 검은색이네요. 그러나 맛은 전혀 다릅니다.

제가 둘의 맛을 춤으로 보여드리죠. 우선 콜드브루 커피의 맛은 이렇습니다.

(진지한 표정으로 단조로운 현대 춤을 춘다. 영준은 뒤에서 킥킥 웃고 있다. 춤추던 팔이 물결을 이루며 얼굴을 감싼다. 행복한 표정의 정연.)

고소한 뒷맛을 유자차가 뒤섞이면서 이렇게 변하죠. 춤으로 감상하실까요?

(기쁨이 넘치는 환한 표정의 정연, 모인 팔을 활짝 펼쳐 빙빙 원을 돈다. 매대에 부딪히고 물건들 와르르 쏟아진다. 아랑곳없이 춤추는 정연. 빵 터진 영준은 물건 주울 생각도 없이 깔깔거린다.)

네, 둘의 조합은 어둠 속의 향연이라고 말할 수 있을 것 같아요. 비밀의 정원이라고도 할 수 있겠어요. 이렇게 비밀스럽고 오랫동안 지속하는 달콤함은 처음인걸요. 오늘 Y 님과 함께한 인생 음료 만들기 어땠나요? 서로 다른 것이 만나니 놀라운 결과를 만들 수 있었어요. Y 님 웃음 멈추시고 인사해주세요. 감사합니다. 구독 요쪽, 지난 영상 오른쪽입니다. 안녕!

7
좀비 카페로 오세요

봄장마가 그치자 정연네 학교는 축제 준비로 한창이었다. 정연도 학교 축제에 중요한 크루로 참여하게 되었다. 정연네 반에는 공포 웹툰 광팬이 많았는데 이번 축제에 공포 콘셉을 적극적으로 활용해보자는 의견이 반 아이들의 절반을 넘었다. 반장과 부반장은 에코 가방을 반려동물처럼 끌어안고 다니는 빨간 머리에게 분장을 맡기기로 잠정적으로 합의했다. 그림이라면 자다가도 벌떡 일어나는 정연이 시체와 좀비 분장을 잘할 것 같다고 예상하는 아이들이 있었고, 분장은 당연히 정연이 해야 한다고 대놓고 추천하는 아이들도 있었다.

아니나 다를까 워낙 지면을 꾸미거나 스케치하는 걸 좋아하는 정연은 곧바로 오케이였다. 그러나 당장 화끈하게 도와준다고 말하진 않았다. 하필 알바를 하러 가야 하는 날이었으므로 속으로 망설이고 있었던 것이다. 자신의 자리를 메꿀 수 있는지 물어보았으나 삼수생 언니도 예은도 난감한 표정이었다. 금요일 하루만 어떻게 뺄 수 없을까 이리저리 궁리를 해보았지만 불타는 금요일을 알바로 구질구질하게 지낼 수 없노라고 다들 정중하게 거절했다. 학원을 꼭 가야 하는 정연은 할 수 없이 알바 시간 전까지만 참여하기로 했다.

3층 2학년 교실은 일주일 전부터 뒤숭숭한 상태였다. 창문에는 풍선과 인테리어 소품들로 가득 찼고 정연네 반 아이들은 핼러윈 파티 분위기를 만들기 위해 세계 각국의 귀신과 좀비를 찾아 헤매고 있었다. 예은은 시뻘건 인조 피를 피부에, 보라색 라이닝 컬러로 눈 주위를 칠한 후 갈색 라이닝 컬러로 사라지고 있는 멍 자국을 연출했다. 정연은 머리가 쪼개진 좀비를 자연스럽게 그려 아이들의 찬사를 받았다. 너무 똑같아서 머리털이 솟을 지경이라는 것이었다. 평소 그림충으로 아이들의 손가락질을 받았던 정연이 그 설움을 만회하게 된 시간이었다. 최대한 공포 분위기를 시각화해야 했으므로 인터넷에 떠돌고 있는 귀신과 유령, 좀비들을 찾아보고 재현해보았다.

아이 중에 단연 주목을 받는 유령은 '링'에 나오는 사다코였다. 굽어진 등으로 슬슬 기어 오다가 벌떡 일어나면 아이들은 눈을 마주치지 못하고 비명을 질러댔다. 아이들은 왜 이렇게 공포 분위기를, 그것도 극단적으로 피를 흘리는 경험을 좋아하는 걸까?

정연은 고개를 갸웃거리며 붓질을 했다. 어쨌든 모처럼만에 공부 스트레스에서 벗어난 시간이었다.

그때 6반을 다녀온 아이 하나가 소리를 지르면서 교실 문을 벌컥 열었다. 그 서슬에 3이라고 쓰인 학급 팻말이 달그락 심하게 흔들릴 정도였다.

"얘들아, 6반 좀 가 봐."

"왜?"

"걔네들도 공포 체험한다고 교실 다 꾸며놨어. 이를 어쩐다니?"

몇몇 아이들이 공포 웹툰에 필이 꽂혀 교실을 폐쇄 정신병동으로 꾸미고 곤지암에 나오는 샤바샤바 귀신 얼굴을 오리다가 눈을 동그랗게 떴다.

"리얼리?"

"아, 뭐냐?"

"김빠진다 김빠져, 우리 반에 간첩 있는 거 아냐?"

아이들의 머릿속을 가득 채우고 있던 모든 계획이 지구 멸망의 날을 맞은 것처럼 우르르 쾅쾅 무너지고 깨져버렸다.

'잔뜩 긴장한 채 문을 열고 들어올 아이들의 머리에 피가 한 방울씩 떨어지고 차가운 피를 묻힌 아이들이 꺅 소리를 지르는 순간 벽면에 피투성이가 된 시체가 떠오르면서 음산한 남자의 웃음소리가 퍼진다. 그 목소리의 주인공은 예은이 짝꿍. 그 애는

저음으로 울려 퍼지는 흡혈귀의 웃음소리를 똑같이 흉내 낸다.'

아이들은 대박이라고 엄지 척을 해대는 중이었다. 주말이 지나면 정연네 3반은 최고 인기 반이 되어 상금 10만 원을 받을 거라고 예언했었다. 그런데 6반도 폐쇄 병동을 테마로 각자의 역할을 정하고 '시니오이야'라는 공포체험 칸막이를 준비했다고 한다. 죽음으로 몰고 간다는 뜻이다.

시니오이야라는 말을 듣자 정연은 왠지 소름이 끼쳤다. 정연네 반이 초딩 버전이라면 6반은 중고딩 버전이라고 할 수 있다. 한 발짝 더 나간 콘셉이었다. 테마가 겹치게 되자 두 반 아이들은 서로 자신들이 먼저 정한 것이라며 콘셉을 바꾸라고 요구했다.

반장과 부반장이 두 번이나 6반으로 달려가 콘셉을 지키려고 담판했지만 죽음으로 몰고 가려는 6반 아이들에 밀려 귀신의 집 체험을 포기할 수밖에 없었다. 6반 아이들은 학기 시작부터 준비한 콘셉이라며 양보하라고 아우성쳤다. 공포 체험을 포기할 수 없다는 것이다.

"야, 알 게 뭐야? 우리도 그냥 고고씽해."

"안 돼. 그러기엔 너무 교실이 가까워. 3반에서 본 귀신을 6반에서 또 본다고 생각해봐. 얼마나 김빠지겠니?"

"재미없음 어때? 그냥 축제 땜빵하는 거지."

예은이 벌떡 일어서서 교탁 앞으로 갔다.

"애들아 잠깐!"

투덜대던 아이들이 예은을 바라보았다.

"무엇보다 중요한 건 인기상이야. 똑같은 걸 그냥 갖고 가는 건 걔네한테도 우리한테도 도움이 안 되잖아."

"축제가 3일밖에 남지 않았는데 어쩔 건데?"

"약간만 비틀어보자. 콘셉 자체는 그대로 가고 방점은 카페에 찍는 거야. 정연이 브이로그 본 사람?"

아이들이 다섯 명 손을 들었다.

"난 그중에서 '코코 자몽' 먹어봤는데 완전 환상이야. 지상에는 없는 맛이었어."

"유자 커피도 맛 괜찮았어."

아이 하나가 말했다.

"학급비 남은 거로 음료수 사고 아이들에게는 1,500원씩 받자. 음료수 남으면 우리가 마시면 되잖아."

달라진 것은 없었다. 으스스한 체험 뒤에 맛보는 달콤한 칵테일. 정연의 칵테일 브이로그를 밑천 삼아 좀비 까페를 열게 된 것이다. 정연은 영준의 신문이 4층으로 날아가는 걸 보고 있는 기분이었다.

3반 한 귀퉁이에서는 정연과 영준의 막춤이 동영상으로 틀어지고 있었는데 정연은 알바를 하러 학교를 빠져나와야 했다. J와 Y의 칵테일 바는 선풍적인 인기를 끌지는 못했으나 칵테일 바의 메뉴들은 S고등학교의 명품 음료로 길이 남게 되었다. 정연이 편의점에서 폐기 음식으로 허기를 채우는 동안 반 카톡으로 인기상 10만 원이 3반 좀비 카페에 돌아왔다는 소식을 들었다. 아이디어는 모두 영준의 것이었으므로 정연은 불 밤송이에 고맙다는 인사는 해야겠다고 생각했다. 영준과 있으면 일이 술술 풀려나가는게 신기했다.

8
입장 차이

아침을 차리던 엄마는 창백한 얼굴로 말했다.

"며칠 동안 병원에 있어야겠어."

"왜? 누가 입원했어?"

정연은 시계를 바라보면서 수저를 들었다. 뛰어간다면 지각은 면하는 시간이었다.

"아니, 내 배에 복수가 가득 찼대."

정연과 동생이 동시에 엄마 배 쪽으로 눈을 돌렸다. 어느새 불룩해져 있는 배. 엄마는 늘 폭탄을 터트리면서도 말투만은 무심하거나 냉정하게 말하는 타입이었다.

'갑자기 입원이라니⋯.'

정연은 믿기지 않았다.

엄마의 코와 이마에 땀이 송골송골 맺혀 있었다.

"왜?"

"배에 조직 같은 게 보이나 봐."

조직이라니? 무슨 덩어리가 보인다는 거잖아? 3년 전 외할머니도 위암으로 돌아가셨기 때문에 정연은 그 과정이 눈에 선하게 떠올랐다. 출발은 '조직'이라는 덩어리가 보이는 거였고 그 시커먼 게 다른 여러 기관으로 막 퍼져나가는 것이었다. 엄마는 대수롭지 않게 말했지만 정연과 동생의 눈에는 벌써 눈물이 그렁그렁해졌다.

"엄마, 그럼 암이야?"

동생이 물었다.

"그렇게 될까 봐 미리 조직 검사를 하려는 거야."

얼마 전부터 배가 유난히 부풀어 오른 엄마는 가게 보러 다니는 일을 그만두었다. 즐겨 입던 청바지를 입지 못하게 되자 사태의 심각성을 깨닫게 된 것 같았다. 정연이 알기로 엄마의 유일한 소망은 예쁜 옷가게를 여는 거다. 시장 입구나 지하철역 앞 같이 사람들이 붐비는 상권에 가게를 얻는 것이 꿈이지만, 그런 곳은 보증금에 월세뿐 아니라 권리금까지 있어 엄두도 못 낼 일이었다. 어쨌든 지금 다니는 공장을 그만두고 새벽마다 동대문시장에서 괜찮은 옷을 떼어다가 진열장에 전시해 사계절 자신의 옷을 찾는 단골을 만들고 싶어 했다. 공사장을 따라다니는 아빠의 수입이 일정치 않았기 때문에 엄마는 정연 자매에게 직장이 튼

튼한 남자를 만나야 한다고 말했다.

정연은 엄마처럼 말하는 사람이 싫었다. 물질 외에 아무것도 들어 있지 않은 어른들. 정말 속물이라고 생각했다. 가끔 주문이 밀릴 때마다 새벽까지 일하고 오거나 아예 못 들어오는 날도 있었는데, 안쓰럽거나 불쌍하다는 생각보다는 엄마가 없어 해방이구나 하는 생각이 먼저 들었다. 자신은 죽을 때까지 돈을 벌어야 하는 처지이므로 탈출구는 오직 자영업으로 가는 것이라고 엄마는 말했었다.

평소 치킨 한 마리 사주지 않는 엄마를 원망하던 정연은 병원을 드나들게 된 엄마를 보면서 처음으로 미안함을 느꼈다. 엄마에게 툴툴거리기는 했으나 처음으로 엄마도 자기처럼 꿈을 가진 사람이라는 생각하게 된 것이다. 자신의 꿈을 채워주지 않는 엄마를 원망하느라 정작 엄마의 꿈을 들여다보려 하지 않았다. 자기 일을 엄마에게 전가해서는 안 된다는 깨달음에 도달한 것이었다.

"햇반은 사다 놨으니까 밥하기 싫을 때 꺼내 먹어. 한창 자랄 때니 밥 거르지 말고 먹어야 해. 어디가 탈이 났는지만 알면 집에서 통원치료 받을 거니까."

엄마는 마음속으로 다 준비를 해놓은 사람처럼 말했다. 3차 세계대전이 일어난다 해도 흔들리지 않을 만큼 단단해 보였다. 정연은 겉으로 훌쩍거리는 동생과는 달리 속으로 휘청거렸다.

'엄마, 혹시 너무 계속 아프면서도 티 내지 않은 것 아냐? 엄마가 학교 잘 갔다 오라고 했을 때 난 한 번도 대답하지 않았어. 엄마는 딸에 대한 의무를 다하지 않았다고 생각한 거야.'

학교에서도 내내 다리에 추를 달아놓은 것처럼 몸과 마음이 무거웠다. 엄마가 입원해 있는 동안 다른 건 몰라도 자신의 학원비와 용돈은 해결해야겠다고 다짐했다.

늘 15분씩 지각하는 정연 때문에 삼수생 언니는 제시간에 퇴근한 적이 없었다. 착한 언니는 정연이 지각하는 것에 대해 별다른 투정을 하지 않았다. 세 번째 수능 시험을 준비하는 언니는 사실 남아도는 게 시간이었다. 조금 늦게 독서실을 간다고 누가 뭐랄 사람은 없는 것이다.

언니가 퇴근하자 바로 본사에서 보낸 유제품 트럭이 도착했다. 평소 가게 앞 버스 정류장 뒤편에 세우던 트럭을 가게 가까이 세웠는데도 정연은 나가보지 않았다. 엄마마저 큰 병으로 흔들린다면 더 이상 그림을 그릴 수 없을지도 모른다. 악착같이 버텨서라도 꼭 해보고 싶었는데… 아쉬운 마음에 울고 싶었다. 카운터 매대에 기대어 전화기에 떠오르는 카톡 사진들만 들여다보았다. 여행지에서 맛있는 음식들을 차려놓고 활짝 웃고 있는 사람들이 줄줄이 올라와 있었다. 뾰족한 방법이 없는데도 마음만 뒤숭숭해 그림이고 일이고 손에 잡히지 않았다. 병원으로 향하던 아빠가 계속 통화 중인 것마저 마음을 들쑤셔놓았다.

휴대폰은 손난로처럼 뜨거워져 있었다. 박스를 옮기는 직원들이 두세 번 드나드는 동안 정연은 카운터에서 꼼짝도 하지 않았다. 평소의 정연이라면 직원들의 일을 거들고 있었을 것이다. 창고 문을 열어주고 개수도 확인해야 했으나 방전된 것처럼 몸이 움직일 줄 몰랐다. 진창길을 밟고 온 직원들이 바닥에 발자국을 찍어놓아도 걸레질조차 할 수 없었다.

무거운 일본 귀신 하나가 자신의 등에 엎혀 목을 조이고 있는 것 같다고 생각했다. 박스를 다 옮겨놓은 직원이 명세서를 내놓고 사인을 하라고 했다. 정연은 본래 하던 사인 대신 왼손으로 만든 괴상한 문양을 적어 보냈다. 기다리는 소식은 오지 않았다. 아무 병도 아니라는 반가운 소식이거나 구체적인 병명을 알리는 속 뚫리는 전화 같은 것 말이다. 무슨 일이 일어날지 모르는 애매한 이런 상황이 더 견디기 어려운 것 같았다. 방광이 자꾸 부풀어 올라 정연의 신경을 찌르는 것 같았지만 화장실로 뛰어갈 형편이 아니었다.

병원에 전화를 걸었을 때 엄마 휴대폰은 여전히 불통이었고, 일터로 돌아간 아빠는 도로에 아스팔트를 까는 중이라고 했다. 엄마 병실은 정해졌으나 검사 중이라 아직 도착하지 않은 것 같았다. 정연은 막막한 마음으로 휴대폰 번호만 찾고 있었다. 동생이 문자를 한 통 남겼다.

– 언니!

"왜 전화했어?"

동생은 아무 말 없이 숨만 쉬었다. 정연은 자신과 똑같이 불안해하는 걸 느낄 수 있었다.

– 밥이 설익었어. 못먹겠어.

밥을 해본 적 없는 동생은 전기밥솥을 어떻게 사용하는지 잘 모른다.

"몰라. 네가 알아서 해야지. 내가 그런 것까지 어떻게 챙기니?"

– 언니도 와서 먹어야 할 것 아냐?

동생의 한마디에 울컥 눈물이 올라왔다.

"오늘 편의점 출근날이라 여기서 폐기 먹고 가면 돼. 너나 챙겨 먹어."

– 먹기 싫어. 공부방 선생님께 라면 끓여 달라야겠다.

엄마가 아침밥을 제대로 해놓고 가지 못한 것 같았다. 불길함은 점점 증폭됐다.

'언니가 들어갈 때 먹을 만한 거 가져갈게.'

정연은 답 문자를 보냈다. 출근해서 내내 전화기만 붙잡고 있었다. 머리와 몸이 공중에 붕 떠있는 것 같았다.

카운터에 앉아 카카오톡을 날리고 있을 때 닫혀 있던 사무실 문이 열리고 사장과 사모가 나란히 나왔다. 부부가 사무실에서 함께 나온 걸 정연은 몇 달 만에 처음 보았다. 사장은 누군가와 통화하고 있었고 사모는 웃음기가 싹 빠진 굳은 표정이었다. 정연은 소스라치게 놀라 목이 뻣뻣해지는 것 같았다. 손에 든 폰 자판이 멋대로 눌려 화면에 나타난 글자들은 외계어처럼 찍혀버렸다. 사무실에서 나오는 부부의 표정은 묘하게 닮아 있었다. 욕구 불만에 싸여 딱딱하게 굳은 모습. 어느 순간 근무 태도가 너무 안 좋아 그만둬 줘야겠다고 불시에 통고할 것 같은 모습이다. 어떻게든 버텨서 다른 모습으로 이곳을 나가고 싶었다. 미대를 합격하고 좋아하는 일과 직업을 하나로 엮어놓고 이곳과 작별을 하는 것이다. 사장의 딱딱하게 굳은 모습이 자신 때문이 아니기를 빌었다. 조마조마했다. 알바생들이 펑크 낸 시간을 때우거나 누전으로 매장 냉장고가 멈추었을 때 슬리퍼 차림으로 불려 나오는 게 사장이 보여주는 모습의 전부였다.

사무실에 설치된 CCTV로 정연이 하는 행동을 다 보고 있었을 걸 생각하니 머리털이 솟는 것 같았다. 4대의 눈은 꺼진 적이 없다고 한다. 제품이 오면 바로 창고를 정리하고 바닥을 닦아야 하는데 내내 전화기만 붙잡고 있었다니. 하지만 관심도 없는 사람들에게 우리 엄마가 오늘 입원을 했어요. 증상이 심상치 않아요. 어쩜 좋아요. 따위의 말을 할 수는 없었다. 그저 매장 안에 누가 있는지 확인도 하지 않은 채 시간만 카운트하고 있는 놀새 편순이로 보인 것이라고 정연은 생각했다. 이곳에 취직하기 위해 얼마나 힘든 길을 걸어왔던가? 머릿속 필름이 되돌아가면서 불과 물의 뜨겁고 차거운 느낌이 뒤범벅되어 온몸으로 전해져왔다.

정연은 스툴에서 벌떡 일어났다. 이러고 있을 때가 아니야. 오늘 당장 그만두라고 한다면 나의 꿈과 일상은 모두 무너지고 말 거야. 안 돼!

'무엇부터 해야 하는 거지?'

우선 냄새가 풀풀 나는 라면 국물과 찌꺼기를 버리러 나가야 했다. 너무 편해진 편순이 알바 생활에 한 달이나 푹 적셔진 나머지 정신을 놓은 것 같다. 핸드폰을 엎어놓고 음식물 쓰레기통 쪽으로 달려갔다.

사장과 사모는 창밖에 서서 간판을 바라보며 무슨 이야긴가를 나누고 있었다. 정연이 음식 찌꺼기를 들고 문을 나서자 입을 꼭 다물고 인사조차 없던 사모가 소리를 꽥 질렀다. 출입문의 딸랑종이 멈추기도 전이어서 정연은 알아듣지 못했다.

"얘, 안 들리는 거야?

"예?"

사모의 목소리 톤이 한 옥타브 또 올라갔다.

"가게를 비우고 어딜 가는 거냐고?"

"라면 찌꺼기 좀 버리고 오려고요."

"그럼 가게는 텅 비는 거잖아?"

아차 싶었다. 정연은 가게 앞을 서성이는 사장과 사모를 생각하고 밖으로 뛰어갔다 오려고 한 거였다. 근데 사모 목소리에 온갖 짜증이 다 묻어 있는 것 같았다. 편안히 얘기해도 될 것을 성질을 내는 것이 아닌가? 짤리면 안 돼. 얼른 사과를 해야겠다.

"죄송합니다."

정연은 온갖 뇌 활동이 뒤죽박죽된 것 같아 눈물이 왈칵 솟아올랐다. 사모님, 우리 엄마가 병원에 입원했다고요. 배에 복수가 차올라 조직 검사를 해야 한대요. 저는 기계가 아닌데, 오늘 하루 그냥 넘어가 주심 안 되나요? 그걸 데시벨을 높여 가며 지적질을 하고 싶으세요?

"죄송하면 다야? 이게 뭐야? 거기 바닥도 좀 봐. 이렇게 맑은 날 바닥이 그렇게 더러워서야 손님들이 여기서 물건을 사고 싶겠니?"

"이거 버리고 와서 닦을게요."

손님들이 들어가자 정연은 어정쩡하게 서 있다가 음식물 통을 들고 다시 매장 안으로 들어갔다. 닦아내지 못한 눈물이 뺨으로 또르르 굴러 내렸다. 타일 바닥에는 누군가 껌을 붙여놓았고 아직 굳지 않은 껌이 손에 들러붙어 계속 찐득거리는 느낌이었다.

저녁 9시. 무슨 정신으로 세 시간을 버텼는지 모른다.

"이봐 알바. 내가 영수증만 챙겨가다 보니 거스름돈을 못 받았더라고. 일부러 그런 거야?"

오후에 사모한테 된통 당하고 나서 멍한 상태로 있는 정연 앞으로 뿔테 안경의 남자가 봉지를 들고 다시 돌아왔다. 그는 편의점에 자주 들르는 30대로 소주와 라면을 주로 사가는 사람이었다. 계산을 할 때 주로 현금을 내는 손님인데 특별한 말이 없기 때문에 오늘 처음으로 그의 목소리를 들었다. 정연은 계산 실수라도 한 건가 가슴이 콩닥거렸다.

"죄송합니다. 얼마짜리 내셨어요?"

"만 원짜리 내고 2,300원 받아야 하는데 안 줬잖아?"

두 명을 더 계산한 뒤였으나 그에게 잔돈을 줬던 게 기억이 났다. 백 원짜리 하나가 거무튀튀해서 다시 훑어봤던 것도 금방 있었던 일처럼 떠올랐다.

'드디어 돈을 물어낼 일이 생겼군.'

온종일 되는 일이 없는 날이었다.

정연은 포스기를 열어 돈을 꺼냈다. 그러다 갑자기 CCTV 생각이 났다.

"잠깐만요. 제가 돈을 드린 게 기억이 나는데 저희 CCTV로 확인 좀 해볼게요."

"뭐라고? 그럼 내가 거짓말을 하고 있다는 거야 뭐야?"

"그런 게 아니고요. 저는 분명히 드린 게 기억나거든요."

"뭐 이런 쌍년이 있어? 주인 나오라고 해."

9시 반쯤 출근한 영준이 이어폰을 빼고 뿔테 안경 남자를 정연에게서 떼어놓았다. 정연은 억울해서 가슴과 목이 터질 것만 같았고 머리는 어지러웠다.

남자가 영준에게 자초지종을 말하는 동안 정연은 사무실에 들어가 2번 CCTV를 돌려보았다. 30분 전 남자가 푸른색 지폐를 내놓는 장면과 정연이 포스기에서 동전을 꺼내다 하나를 돌려보는 장면이 고스란히 되살아나왔다.

영준이 남자를 데리고 사무실로 들어와 화면을 돌려 보여주었다. 남자는 뿔테를 들어 올리며 자세히 보고는 미안하다는 말도 없이 나가버렸다. 손님들이 아니었다면 남자의 뿔테 안경을 벗겨 발로 꾹꾹 밟아버리고 싶었으나 탄산음료 하나를 꺼내 먹으며 뜨거워진 가슴을 쓸어내려야 했다.

영준은 기분이 가라앉은 정연을 슬쩍 쳐다보고는 이어폰을 끼고 포스를 정리했다. 투머치 토커가 오늘따라 말이 없는 게 다행이었다. 영준이 무슨 말이라도 거는 순간 신경질을 내거나 눈물을 쏟았을 것이다. 정연은 자신도 모르게 영준에게 무언가를 기대하고 있는 것 같았다. 호감을 느끼고 있나? 그런 것 같지는 않았다. 의심하고 있나? 그랬다. 그러나 부정하고 내치는 마음이 아니었다. 호기심을 가지고 계속 그를 관찰하고 있었다. 자신과는 다른 조건에서 잘도 버티며 사는 영준이 이상했다.

정연은 폐기 김밥을 몇 개 건져 가방에 넣고 편의점 문을 나왔다. 오줌을 참고 다섯 시간을 쭈욱 버틴 것이다. 신상으로 딱딱하게 굳은 아랫배를 보자 엄마 생각이 났다. 엄마도 혹시 이렇게 생리현상을 참으며 일하다가 그렇게 된 것이 아닐까? 일하느라 바빠서 오줌조차 편히 배출하지 못하고 지낸 것이 아닐까? 병원으로 가는 발걸음은 무겁기 짝이 없었다.

– 뭐하러 병원엘 와? 정진이 기다리니 얼른 집으로 가.

엄마는 동생 챙기라는 말만 계속 되풀이했다.

"엄마 어떤지 보고 싶어서 그래. 잠깐 들를게."

– 병원 골목길 으슥해서 걱정된다. 그럼 조심해서 와.

전화를 받은 엄마 목소리가 평소와는 달리 홀가분하고 밝게 느껴졌다. 다행이었다. 엄마 곁에서 잠이 든 아빠의 코 고는 소리도 선명하게 들려왔다.

9
밀린 월급을 대하는 두 가지 태도(1)

학원비를 내려고 통장을 찍어보았으나 오늘도 여전히 편의점 알바비는 들어오지 않았다. 며칠째 텅 빈 통장을 보자 정연은 카운터를 비웠다고 화를 내던 사모의 얼굴을 떠올렸다. 알파와 오메가 알바생들은 큰맘을 먹지 않으면 편의점을 비우지 않는다. 화장실이 상가 끝자락에 있기 때문에 뛰어갔다 온다고 하더라도 시간이 걸리기 때문이다. 그러나 음식물을 버리는 곳은 가게에서 5미터도 안 되는 데 있다. 손님이 들고나는 걸 한눈에 볼 수 있기 때문에 그렇게까지 화를 낼 필요는 없어 보였다. 그렇게 불안하면 사모 자신이 좀 지켜봐 줄 수도 있는 것 아닌가? 정연으로서는 엄마가 입원한다고 한 순간부터 기분도 언짢고 월급과 관련해 촉각이 곤두설 수밖에 없었는데 심하게 화를 내는 사모의 모습까지 보게 되자 하루 종일 나락으로 떨어진 기분이 되었다. 옆에 서 있던 사장이 말리지 않았다면 언제까지 불편한 자세로 서 있었을지 모를 일이었다. 이대로 잘리는 게 아닐까? 월급을 못 주겠다고 하면 어쩌지? 늘 15분 지각으로 찍혀 있는 정연의 출근 카드는 가장 걸리는 부분이었다. 설마 그것 때문은 아니겠지? 혹시 그렇게 사소한 게 월급을 안 주는 이유라면 너무 치사한 것 같았다. 정연은 다시 한번 통장을 들여다보면서 예은에게 전화를 걸었다

"예은아. 야, 오늘도 입금 안 됐어."

– 내가 그랬잖아. 알파와 오메가 제날짜에 월급 안 준다니까.

"그런 게 어딨어? 사람들을 고용하면서 월급을 안 챙겨주면 어떻게 해? 돈이 급한데 고발해야 하는 거 아냐?"

정연의 입에서 극단적인 말들이 마구 튀어나왔다.

– 이년이 세상을 모르네. 급하면 가불을 하든가.

"넌 가불해봤어?"

– 가불은 군말 없이 해줘. 돈 급하다고 옆구리를 콕콕 찔러야 뭐가 나오지.

"난 말도 못 붙이겠던데. 찬 바람이 쌩쌩 불어 곁에 가지도 못하겠어."

– 그 아줌마 원래 쌀쌀맞아. 하지만 떼먹진 않을 거야. 조금만 기다려. 편의점 알바하려고 이태백들 줄 서 있는 거 너도 알잖아? 학교랑 가깝고 근무 시간도 그럭저럭 너랑 맞는 거 같은

데 그 정돈 참아야지.

"넌 2년이나 일했다며 월급 하나 제대로 못 받고 살았냐?"

— 그래. 맨날 죽겠다고 앓는 소릴 하는데 어떡해.

"넌 얼마나 밀려 있는 거야?"

— 묻지 마. 나도 계속 가불하면서 살고 있어.

"나 지금 고구마 백 개를 삼킨 거 같아. 이 답답한 온예은아."

— 사장은 갑이고 우린 을이야. 넌 얼마나 잘 받아내나 보자.

"… 너 왜 그렇게 타락했냐? 알바들이 물렁물렁하니까 이런 불합리한 일이 생기는 거야. 실망이다!"

인정하고 싶진 않았다. 해고되는 건 끔찍한 일이지만 월급이 밀리거나 떼이는 것도 마찬가지로 참을 수 없다. 한 달에 50만 원이 조금 넘는 돈. 엄마가 갑자기 입원하게 되면서 정연의 월급을 기다리는 사람이 한 명 더 늘었다. 동생이었다. 받아야 할 것을 못 받는다고 생각을 하니 속에 뭔가 얹힌 것처럼 더부룩했다. 정연은 불 꺼진 상가에 홀로 빛을 뿜고 있는 365코너 은행 문을 열었다.

후덥지근한 밤바람이 정연의 뺨으로 달려들었다. 미술대회에 나가 작은 상이라도 받아야 하나 앞날을 생각하면 머릿속이 점점 복잡해진다. 진득거리는 여름이 다가온 것이다.

알파와 오메가는 늦은 저녁 손님들로 붐비고 있었다. 카운터 쪽에 서 있는 여섯 사람, 손에 음료와 술, 안주 등을 가득 들고 매장 안을 돌고 있는 두 사람. 영준은 그들 틈에서 홀로 정신이 없어 보였다. 출출한데 뭐라도 좀 먹고 갈까 생각하며 정연은 폰을 꺼내 시간을 보았다. 11시가 조금 넘는 시간이었다. 문의 손잡이를 잡는데 문이 먼저 휙 열렸다. 딸랑. 낯익은 아이와 눈이 딱 마주쳤다.

고딩이라기엔 얼굴이 너무 파릇파릇하다. 작달막한 키에 귀 뒤를 타고 올라가는 용 문신. 함께 눈이 마주쳤는데 아이 쪽에서 먼저 움찔하며 물러신다.

'어쭈, 저 애 당근마켓이잖아?'

정연은 지나치려는 아이를 붙들었다.

"너! 여긴 웬일이야?"

단 한 번 보았던 문신 아이에게 대뜸 반말이 나왔다.

"누구세요?"

"모른 척하지 마. 구청에서 휴대용 선풍기 나한테 팔았잖아."

"아하, 난 또 누구시라고?"

"너 혹시 욜로족 추장 만나러 온 거야?"

"아, 아니에요. 먹을 거 사러 온 거란 말이에요."

"뭘 산 건데?"

정연은 검은 봉지를 휙 낚아챘다. 역시 사은품으로 나온 두 개의 휴대용 선풍기가 들어 있었다. 본사 로고가 찍혀 있는 거였다.

'이거 봐라. 내 눈은 못 속인다니까.'

정연은 눈을 뾰족하게 뜨고 아이를 보았다. 욜로족 추장의 꼬봉이 확실했다.

"왜 이러세요. 진짜?"

남자애는 봉지를 빼앗아 신호등이 바뀌고 있는 도로 쪽으로 뛰어가 버렸다. 확실해진 건 당근마켓에 물건을 빼돌리는 욜로족 추장이 이 편의점에 있는 사람이라는 거였다.

정연은 컵라면을 들고 카운터로 갔다. 에어컨에서 냉풍이 계속 배출되는데도 영준의 얼굴에는 땀이 맺혀 있었다. 오늘은 유독 저녁 손님이 많은 것 같았다. 맥주가 많이 나가겠구나 싶었다.

쟤는 왜 도둑질을 하는 걸까? 자잘한 것부터 맥주 한 박스까지 좀도둑질을 계속하고 있으면서도 속 편한 순진남처럼 아무렇지도 않은 표정을 지을 수 있나 싶었다. 정연은 그의 때 낀 손과 4층 계단으로 날아가던 신문, 그리고 기발한 맛의 칵테일을 떠올렸다. 그리고 온종일 자신을 우울하게 했던 '밀린 월급'을 생각해보았다. 영준이와 예은이도 이 밀린 월급에서 자유롭지는 않았다. 그런데 자신과 다르게 평정심을 잃지 않고 있다는 것이다. 소유주들에게 그루밍 당한 게 확실했다. 서서히 길들어서 결국은 문제의식을 잃어버리는 것이다.

"어, 너 언제 온 거야?"

영준은 정연이 들고 온 컵라면을 들고 말했다.

"학원 끝나고 가는 길이야. 배가 고파서."

"무슨 학원? 아아 미술. 오빠가 사줄게."

"관둬. 난 오빠라는 말 싫어해. 네가 왜 내 오빠냐?"

"그냥 가져와. 부탁할 일이 있어서 그래."

"뭔데?"

"사람 한 명만 그려줘."

"그림 그리는 건 그냥 해줄 수도 있어. 난 그림충이거든. 아무도 알아주진 않지만."

"내가 알아주잖아. 나는 네 그림 팬이야."

영준의 말끝에 코끝이 찡해진다.

'내 그림의 팬이라고. 언제 내 그림을 보았다고 그런 소릴 하는 거지?'

정연은 2천 원을 내놓고 온수통이 있는 테이블로 향했다. 나쁜 애는 아닌 것 같은데 왜 그런 짓을 하는 걸까? 정연은 아직 덜 익은 라면을 으적으적 씹어댔다. 정연 곁에서 빙빙 돌기만 하는 영준에게 오늘은 도둑질하는 이유를 꼭 물어봐야겠다고 생각했다.

10
밀린 월급을 대하는 두 가지 태도(2)

"내가 가진 유일한 사진인데 확대를 하면 다 깨져버려서 온전한 얼굴을 자꾸 잊어버리는 것 같아. 하나씩 뜯어보면 평범하지만, 얼굴 안에서 잘 조합이 된 여자였어."

영준이 주머니 속에서 사진을 꺼냈다. 커피를 들고 서로 마주보며 이야기를 나누는 장면이었다. 오른손이 자연스럽게 여자의 머리카락에 가 닿아 있었다. 정연은 눈앞에 내려와 있는 빨간 머리를 후후 불며 사진을 한참 들여다보았다. 영준이 건네준 사진은 잔뜩 멋이 들어간 웨딩사진 같았다. 한눈에도 보통 사이가 아닌 걸 알 수 있었다.

"누구야?"

"예전에 사귀었던 애. 아니 같이 살았어. 3개월 정도."

정연은 핸드폰에서 눈을 떼고 영준을 빤히 바라보았다.

"뭐? 미쳤네, 어린 자식이. 너 아저씨야?"

"아저씨라고? 으하하."

영준은 배를 움켜잡고 웃었다. 웃음을 멈추었을 때 얼굴은 땀으로 뒤범벅되어 있었다. 어쩐지 자신은 알지 못하는 어둠이 영준에게 있는 것 같았다. 그냥 여친이라고 해도 될 것을 스스로 무장 해제를 하고 시시콜콜 다 털어놓는 게 더 이상했다. 정연은 영준이 자신을 좋아하고 있다고 생각한 것이 어쩌면 착각일 수도 있다고 생각하게 되었다. 영준은 어쩌면 정연에게 아무런 감정도 느끼지 않을 수도 있었다. 다양한 관계들을 틀어쥐고 줄타기를 하면서 시간을 건너가는 건지도 모르겠다. 마음속에 애늙은이 하나가 들어 있는 것 같았다.

"지금은?"

"떠났지."

"그럼 쿨하게 정리해야지 뭘 그림까지 간직하면서 미련을 떨고 그래?"

"걔 많이 망가졌거든. 헤어지기 전 모습을 오래 간직하고 싶어서."

"네가 망가진 게 아니고 걔가 망가진 거라고?"

"어."

"아닌 것 같은데…."

정연은 내처 한마디를 더 할까 하다가 그만두었다. 사랑하는 여자와 헤어졌다고 청승을 떠는 애한테 도둑질 이야기를 꺼낼 수는 없을 것 같아 꼴깍 그 말을 삼켜버린 것이다.

정연은 사진을 보면서 미지의 여자를 머릿속에 그리기 시작했다. 일단 옆모습으로 봐서는 갸름하고 마른 얼굴이다. 나이를 묻지는 않았으나 영준보다는 두세 살 정도 많아 보인다. 정연은 처음 보았을 때 영준이 자신과 동갑인데도 왜 애늙은이처럼 느껴졌는지 조금씩 감이 잡히는 듯했다. 순진한 미소를 띠고 있는 영준에 비해 여자의 입꼬리가 올라갔으나 부자연스러워 보였다. 정연은 자신에게 딸려온 여자의 인상을 붙잡고 이렇게 저렇게 상상을 해보았다.

영준과 좋아서 만난 것이 아닐 수도 있다. 그렇다면 영준은 나이 많은 여자한테 발린 것 같다. 그러고도 그립다고 뒷북을 치는 걸 보면 그는 여자를 몰라도 너무 모르는 맹탕인 것 같았다.

"걔는 어떤 아이였어?"

"아이스크림 같은….."

"야, 나 상상했거든. 모태솔로한테 너무한 거 아니니?"

"그런 뜻이 아닌데. 내가 아무리 잡으려 해도 걘 녹아내렸을 거야."

"왜?"

"중심이 없었어. 자꾸 몸을 내던지려고 했어. 뭘 하고 싶다는 의지 자체가 없었어. 제 몸이 녹아내리는 것도 모르고 말이야."

"모르겠다. 그쪽은 내 과가 아니라서."

"나쁜 년 아니야. 자기를 지킬 줄 모르는 약한 애였어."

"좋게 포장하지 마. 넌 버림받고도 몰랐을지도 몰라.."

"오피스텔 걸이라고 알아?"

"아니."

"오피스텔에서 몸 파는 거."

"헐, 미쳤네. 뭐 그런 애를 그려달라는 거니? 나 같으면 다신 쳐다보지도 않을 거야."

"난 헤어지지 말자고 누나한테 애걸복걸했어. 누난 자길 지킬 줄 모르거든. 망가질 게 뻔했지. 하지만 이미 끈을 놔버리고 나 보란 듯이 다른 놈들과 돌아다니더라."

"결국은 누나 뜻대로 너흰 헤어진 거네. 아직도 서로 잊지 못하는 거야?"

"서로는 아닌 것 같아. 누난 전화도 차단하고 날 피해 다녀. 날 찌질한 스토커 취급하지."

"어렵네. 내가 그림은 그려줄 수 있어. 한번만 얼굴을 보게 해줄래."

정연은 미지의 여자를 두고 전체 색을 입혀보았다. 청색과 녹색의 어디쯤. 서늘하고 슬픈 색이다.

"고마워. 넌 그림을 사랑하는 것 같아. 내가 볼 때 이미 넌 정말 훌륭한 화가야."

"그런 말 처음 들어봐."

정연은 눈시울이 뜨거워지는 걸 느꼈다. 아무도 관심 두지 않는 혼자만의 취미가 아니던가. '곧잘 그리네.' 정도의 칭찬을 받고 말 낙서가 아니던가. 멍청할 정도로 혼자 몰입해 끙끙거리는 집착에 지나지 않는다고 생각하고 있었다. 정연은 펑펑 울 것 같아 얼른 말머리를 돌렸다.

"물어보고 싶은 게 있는데….'

"뭐?"

"못 쓰는 것들이 있는데 그런 거 파는 데 알아?"

"많아. 내가 대신 팔아줄까?"

정연은 고개를 저었다. 진짜 말하고 싶은 걸 자꾸 놓쳐버리고 말았다.

영준과 만나기로 한 날은 정연이 한 달에 한 번 공식적으로 학교를 빠질 수 있는 생리 결석일이었다. 학교에서 공식적으로 결석을 인정해주는 분위기가 되자 정연은 부담 없이 학교를 재껴버렸다. 손풍기를 샀던 구청 맞은편에서 보기로 했으나 영준이 오토바이를 타고 병원까지 달려왔다. 정연은 드로잉북 가방을 비스듬히 메고 오토바이에 올라탔다. 구정 가까이 있는 식당가에는 점심시간을 맞아 온갖 음식 냄새가 넘쳐나고 있었다. 학교 안에만 있었던 정연으로선 처음 보는 낯선 풍경, 낯선 냄새들이었다. 게다가 모태솔로인 자신과는 전혀 다른 세계에 살았던 두 사람, 영준과 그의 여친을 보게 되면서 온갖 촉수가 뻗어 나와 잔뜩 호기심이 발동했다. 예은은 정연이 영준 여친을 그리러 간다는 이야기를 듣고 시큰둥한 반응을 보였다. '걔는 그렇게 당하고도 정신을 못 차렸네.'라고만 했다. 영준의 첫사랑을 잘 알고 있는 모양이었다. 하지만 구체적으로 언급하지 않았다. 정연이 그림이라면 어떤 일이든 한다는 걸 알고 있는 예은으로선 굳이 막을 필요가 없는 일이라고 생각한 것 같았다.

정연은 머릿속으로 스케치를 하듯이 호리호리한 여자의 옆모습을 앞모습으로 돌리고 눈코입이 어떻게 생겼을까 상상해보았다. 스물두 살. 예쁘장하지만 핏기 없는 얼굴. 삶의 정체가 불분명한 N수생.

영준은 빌딩 뒷골목 입구에서 앞서 걷고 있는 여자를 가리켰다. 남자의 팔짱을 끼고 구둣발 소리를 내며 걷고 있는 여자는 사진보다 더 호리호리한 체형이었다. 정연은 모자챙을 내려 눈을 가리고 빠른 걸음으로 여자를 앞질러 갔다. 남자가 낮은 소리로 말하면 여자는 말 끝자락에 웃음을 달아주었다. 천천히 걷고 있는 그들의 목소리는 한껏 낮아 내용을 알아들을 수는 없었으나 처음 만난 커플은 아닌 듯했다.

다섯 발자국쯤 앞서가다가 정연은 챙을 슬쩍 올리며 고개를 획 돌렸다. 갸름한 얼굴에 메탈 계열의 섀도우와 립스틱을 바른

눈코입이 선명하게 눈에 들어왔다. 메탈 계열의 화장 탓인지 온통 푸른빛으로 피로에 지친 표정이다. 스물두 살이 아니라 서른두 살이라고 해도 믿을 것 같았다. 달랑거리는 드롭 귀걸이만 살아 있는 것 같았다.

영준은 여친의 어떤 면을 기억하고 싶은 걸까? 정연은 여자의 푸른빛 얼굴 속에서 영준이 그리워할 만한 것을 생각해보았다. 편의점 야간 알바와 신문 배달 그리고 오토바이 애호가. 대부분의 시간을 홀로 일하는 영준에게는 가족이 없다. 영준이 지니려는 여자는 누구일까?

정연은 빌딩 앞에 앉아 캐리커처를 그렸다. 자신에게 잡힌 인상을 따라 들어가 손끝에 힘을 실어 연필을 놀렸다. 마른 꽃처럼 건조해진 여자를 강조하기 위해 몸은 더 슬림하게, 큰 눈망울은 조금 더 처진 모양으로…. 눈코입이 또렷이 드러나지 않도록 손바닥으로 쓱쓱 지워가며 그렸다. 정연의 그림을 받아든 영준은 잿빛 여자와 눈을 맞추고 한동안 말없이 들여다보았다.

"어때?"

좋아 지냈던 여자를 막 그렸다고 생각하는 걸까?

"너무 마음이 아파."

"이건 내 눈에 비친 여자 모습이야. 조금 더 각색할까? 이 슬픈 그림을 네 방에서 걸어놓을 순 없잖아."

"어떻게?"

"너 엄마 사진 있어?"

"어."

"나한테 한번 보여줘. 뭔가 네가 좋아하는 코드가 있을 거 같아."

"그래."

싫다고 해도 영준은 정연을 오토바이를 태워 편의점에 데려다주었다. 정연은 오토바이를 처음 타보았는데 바람이 뺨으로, 머리카락 속으로, 폐 속으로 확확 빨려드는 것 같았다. 바람을 고스란히 맞는 느낌이 너무 강렬해서 저녁 내내 도로를 달리고 있는 느낌이었다.

"너 욜로족 추장 알지?"

오토바이 위에서 정연은 영준의 허리를 붙잡고 있는 힘껏 소리를 질렀다. 이런 상황이 아니라면 대놓고 묻기 어려웠을 것이다.

"…."

영준은 대답하지 않았다.

정연은 또 한 번 소리를 질렀다.

"야, 대답해. 너 욜로족 추장이잖아?"

영준의 몸이 더욱 굳어졌다.

"그래 맞아! 그 닉네임 나야!"

귀에서 계속 헬기 프로펠러 돌아가는 소리가 계속 들렸다. 도로 한복판에 차들이 신호와 순서에 밀려 멈춰 있을 때 자동차를 타고도 10분 이상 걸리는 곳을 영준의 오토바이만은 5분 안에

장애물들을 뚫고 질주해 나갔다. 정연은 4층으로 날아가는 신문을 생각했다. 어쩌면 영준은 그 놀라운 지점을 알고 있는 아이일 수도 있었다. 그 놀라운 지점이란 목표물과 그 과정을 꿰뚫어 보는 눈을 말한다.

"당근마켓에 내다 판 것들, 그거 다 편의점 물건들이었어. 맞지?"

"맞아."

"1+1은 그렇다 쳐도 맥주를 내다 팔다니 너 절도범으로 걸리면 감옥행이야. 촉법소년에 해당하는 나이도 아니잖아?"

"…"

"무슨 생각으로 그런 짓을 한 거야?"

"사장에게 요구하기 위한 작전이야. 당장 생활비가 필요하기 때문에 일을 그만둘 수는 없었어."

"작전 좋아하시네. 그만둬! 위험한 짓이야. 아직 어린데 빨간 줄이 가고 범죄자로 낙인찍히면 얼마나 살기 힘들겠어?"

"그래도 내가 생각한 최선의 방법이야."

"난 도통 이해할 수 없어."

"이해는 필요 없어. 너도 좀 더 지내봐. 월급 건너뛰고 찔끔찔끔 설사인 듯, 변비인 듯 나오면 내 맘 이해하게 될 거야."

정연은 영준의 오토바이에서 내리고도 얼마 동안 귀에서 나는 바람 소리를 잊지 못했다. 태풍이 귓속을 지나 머릿속을 온통 헤

집고 돌아다니는 것 같았다. 처음 이 편의점에 왔을 때 정연은 구원을 받았다고 생각했다. 알바비를 받아 학원비를 낼 수도 있었고 자신의 힘으로 미대에 갈 수도 있었으므로 이젠 당당하게 드로잉 가방을 들고 다닐 수 있을 거라고 생각했다. 그런데 그게 끝이 아니었다. 몰래카메라를 피해, 포스기의 목록 점검을 피해 그는 어떻게 도둑질을 해온 것일까?

11
14시간 편의점 귀신

안녕하세요, 여러분. 빨간 머리 연 브이로그를 시작하겠습니다. 오늘은 알파와 오메가 ○○점에 사는 알바 귀신 Y의 일상을 따라가 보겠습니다. 귀신 대신 외계인이라고 해도 괜찮을 것 같아요. 왜냐구요? 이 생물체는 장장 10,752시간째 이 알오 편의점 주위를 어슬렁거리며 살고 있으니까요. 오늘은 사장 부부가 여행을 떠나는 날이므로 14시간 이 편의점에 박혀 있어야 합니다.

귀신은 점주의 여행이나 모임을 대신해 14시간 편의점에서 지내는 날이 여러 번 있었습니다. 어떻게 14시간을 편의점에 있느냐고 물으시는데 점주들이나 고참 알바들에게 이런 일이 아주 흔하답니다. 무책임한 알바생들이 펑크를 내거나 매출이 뚝 떨어져 본사에 입금액이 모자랄 때 몸으로 때워야 하는 경우가 생기는 거죠. 귀신 같은 SNS족들은 와·파가 터지는 이런 공간이 곧 그의 집이기 때문에 인스타, 유튜브, 트위터를 열어놓고 옆에 게임기에 들락거리면서 하루를 보냅니다. 귀신도 마찬가지입니다. 손님이 없는 시간에 카운터 밑에 박스를 펴놓고 노숙인처럼 쪽잠을 자기도 합니다. 누에처럼 구부리고 팔짱을 낀 채 눈을 붙이고 나면 몸도 마음도 개운해진다고 그럽니다. 그러나 그런 쪽잠도 온전히 잘 수 없는 날이 있습니다. 현관 종이 딸랑 울리면 반사적으로 스툴에 걸친 엉덩이를 뺍니다. 그는 오토바이를 바꾸려고 새벽에 또 신문지국으로 신문 배달을 하러 나가야 합니다. 편의점은 그가 숨 쉬는 공간입니다. 한 끼를 때울 밥부터 속옷까지 엄마가 없는 그에게 모든 것을 제공해주는 공간이기도 합니다.

출근 후 사장님 아이디로 홈페이지에 들어가 공지사항을 확인합니다. 이번 주도 신상품은 없습니다. 신상품이 나온다면 얼리어댑터답게 품평을 할 수 있을 텐데 요즘 본사도 조금씩 게을러진다고 투덜거립니다. 포스기 화면에 '나만의 냉장고'에 들어가 1+1 물건들이 얼마나 남아 있는지 확인해봅니다. 열 개가 넘는 물건들이 떠오릅니다. 고스란히 남아 있는 것들은 손님들이 안 찾아간 것입니다. 귀신은 타투 보이를 불러 시간이 아직 남아 있는 폐기 도시락을 먹이고 이 물건 중 몇 개를 들려 보냅니다. 타투 보이는 귀신과 함께 사는 열다섯 살 학교 밖 소년이죠. 시간이 좀 남아 있긴 하지만 폐기가 얼마 남지 않은 돈가스 도시락도 함께 들려 보냅니다. 타투 보이의 저녁밥을 챙겨주는 것입니다. 사장님이 알면 길길이 날뛸 테지만 어차피 30분 후엔 폐기 등록을 할 것이고 오늘 하루는 자신이 이 점포의 주인이기 때문에 그 정도는 할 수 있는 권한이 생긴 겁니다.

두세 명씩 매장을 돌아다니던 손님이 어느 순간 다 빠지는 시간이 있습니다. 바닷물이 빠지듯 순식간에 일어나는 일입니다. 귀신은 막간을 이용해 게임을 합니다. 빨간 머리 연처럼 그림 그리는 취미라도 있으면 좋겠다고 말합니다. 인터넷으로 오토바이를 구경하거나 마켓에 물건 올리는 일을 하기도 하는데 오늘처럼 근무 시간이 긴 날은 게임이 최고입니다. 중간에 끊고 다시 하기 쉬운 것으로 고릅니다. 롤은 귀신 Y가 가장 좋아하는 흥미진진한 게임이긴 하지만 손을 놓을 수가 없어 자주 하기 어렵습니다.

12시 이전에 공산품들이 들어오면 함께 물건을 나릅니다. 본사 직원들은 싹싹하게 일을 도와주는 귀신에게 무척 고마워합니다. 다른 점포 알바들은 서너 번 트럭에서 물건을 내리도록 팔짱을 낀 채, 마치 일꾼 부리듯이 수량만 체크하기 때문이죠. 그는 아메리카노 두 잔을 뽑아 그들에게 건네기도 합니다.

귀신은 언젠가 아버지에게 묵가라는 사상가를 소개받은 적이 있었다고 합니다. 어린 시절 한학을 배웠다는 귀신의 아버지는 뜬금없이 한자 어구를 섞어 쓰곤 했다고 합니다. '자리이타 이

타자리'라는 구절 또한 그렇게 얻어들은 말이래요. 평소 아버지를 고지식하고 소통 불능의 공무원이라고 생각하고 있는 귀신은, 언제부턴가 같은 남자로서 아버지를 불쌍하게 생각하고 있답니다. 아내도 잃고 아들 또한 자기 집에서 살 수 없는 형편이니까요.

새엄마와 갈등이 깊어져 집을 나왔으나 아버지는 대놓고 화를 내거나 편을 들지 않았다고 해요. 그 아버지가 가장 좋아하는 말이 있다고 했어요. 남을 이롭게 하는 것이 자신을 이롭게 하는 것이라는 말인데 이상하게 귀에 착 달라붙어 잊히지 않더라네요. 귀신 Y는 이 말을 늘 곱씹어본대요. 갑질과 꼼수의 대가인 편의점 부부가 귀신을 계속 데리고 있는 것도 이 구절을 늘 새기며 사는 탓인 것 같습니다.

Y는 이어폰을 빼고 매장에 조금 시끄러운 음악을 튼 후 물건을 진열하고 폐기를 정리합니다. 아까 타투 보이가 가져간 음식도 함께 폐기 처리했습니다. 벌써 네 시간이 흘러갔습니다. 아직 넘어야 할 산이 몇 개 있습니다.

5시부터 시작되는 피크타임, 유제품이 들어오는 7시 타임, 유독 진상 손놈들이 많은 밤 10시 타임. 저절로 감기는 눈과 늘어지는 정신을 추스르기 위해 계속 아메리카노를 뽑아 마십니다.

나이 어린 새엄마는 귀신을 불편해했대요. 아버지는 불편한 집안 분위기를 어찌할 줄 몰랐습니다. 귀신은 집이라는 게 뭔지 잘 몰랐고 불편함이 싫어 고민하지 않고 쉽게 집을 나왔습니다. 아버지가 수술을 받았을 때 집에 갔던 일을 제외하곤 쭉 이곳에서 지냈답니다. 한 여자와 만나 연애를 하고 함께 살기도 했대요.

귀신 Y는 그 여자와 함께 가정을 이루고 살고 싶었답니다. 하지만 여자는 Y와 평생을 함께 사는 것에 넌더리가 난다고 했습니다. 자유롭게 다른 남자들과 만나면서 그를 조롱했습니다. 귀신에게는 남자들과 쉽게 가까워지는 여자의 삶이 싫어 견디기 어려운 시간이었대요.

그는 그때 집이 무엇인지 깨달았습니다. 우선 집은 철저히 물질이라는 주춧돌 위에 세워집니다. 그리고 철저한 역할 분담이 이뤄져야만 유지될 수 있는 곳이었습니다. 새엄마에게는 자신이 낳은 아이만이 필요했습니다. 타투 보이와 살게 되면서 세상에 보란 듯이 집을 짓고 살아야겠다고 생각했대요. 고영준이라는 아이 하나 사라진다고 눈 하나 깜짝하지 않는 세상에 꿋꿋하게 자리 잡고 살아남아야겠다고 생각했답니다.

저는 오토바이 위에서 바람을 가르며 쏟아지는 그의 이야기를 들었는데요. 어렵게 꺼낸 그의 이야기를 다 알아들을 순 없었어요. 그는 자신의 이야기를 털어놓는 게 힘들다고 솔직하게 말했어요. 처음으로 털어놓았던 의사에게 버림을 받은 후 더욱더 마음을 닫아걸게 되었답니다. 그의 뭉툭하고 늘 때가 끼어 있는 그의 손이 무얼 말하는 건지 전 그제야 알 것 같았답니다. 제 창백

하고 고운 손이 부끄러웠답니다. 앞으로는 더 튼튼하게 단련하려 하고 있어요.

Y는 마스크를 하고 외부 매대 청소를 시작했습니다. 타조 털 먼지떨이로 살살 털면 밤새 고스란히 앉아 있던 먼지들이 훌훌 날아가 버립니다. 외부 매대를 청소하고 치킨 튀김기 청소를 한 후 치킨을 튀깁니다. 편의점 튀김은 튀겨진 지 두 시간 안에 모두 팔립니다. 치킨집의 비싼 제품을 사먹기 힘든 사람들이 다리 한쪽, 날개 한쪽씩 사 먹을 수 있는 저렴한 상품이기 때문입니다.

귀신의 늦은 점심도 폐기 김밥입니다. 현란하기 짝이 없는 도시락들이 마치 우후죽순처럼 생기는 편의점들처럼 계속 만들어집니다. 냉장고에 누워 있는 종류가 다른 도시락을 먹고 가끔 토를 하는 적이 있다고 했습니다. 애네들이 시큼하게 상해갈 때 자신의 입속으로 들어오겠구나! 그런 생각이 든다는 거죠. 자신도 이 환하고 커다란 냉장고 안에서 조금씩 상해가는 건 아닐까 그런 공포감이 몰려온대요. 혹시 손님이 올까 봐 폐기 도시락을 한 손으로 잡고 씹지도 않고 마셔버립니다. 그래서 저는 귀신 Y에게 '피딴'이란 음식을 소개해주었습니다.

피딴은 오리알을 진흙에 싸서 6개월 푹 썩힌 음식이랍니다. 껍질 안에 든 것은 시커멓게 변하지만 독특한 맛은 한 번 맛본 사람이라면 잊지 못하는 훌륭한 음식이래요. 썩은 세상에서도 함께 썩지 않고 내적으로 성숙한다면 귀신도 피딴 같은 멋진 사람이 될 것 같아요.

오후에는 찍어놓은 영상을 편집하고 유튜브에 올립니다. Y는 한 주 전에는 처음으로 혼자 술을 마셔보았답니다. 맥주 한 캔을 까고 홀짝홀짝 마시면서 유튜브를 찍는데, 분위기 좋다면서 많은 분이 들어왔대요. 왜 칵테일 바 같은 재미있는 유튜브를 찍지 않는지 물어왔다는 거예요.

그러게요. 그는 욕심을 내서 일을 너무 많이 하고 있기 때문에 조금 지쳐 있는 것 같습니다. 이제 2년 차 근무를 하다 보니 손놈들 때문에 감정 상하는 일이 너무 많습니다. 게다가 월급을 받지 못해 늘 관심 두는 새 오토바이 구매가 늦어지고 있습니다.

Y 귀신은 잠을 제대로 못 자서 온몸이 나른하고 눈꺼풀이 무거운 상태에서 피크타임을 맞았습니다. 그는 공병을 팔러온 동네 노인네와 한동안 실랑이를 했습니다. 노인은 이 동네를 돌며 폐박스를 얻어가거나 병을 얻으러 온 적이 몇 번 있었습니다. 그래서 Y가 창고 쪽에 쌓아놓거나 공병을 주기도 했습니다. 물론 사장 모르게 한 일입니다. 사장은 귀신이 사람들에게 선의를 베푸는 걸 좋게 보지 않습니다. 폐박스가 1kg에 700원 하는 것까지 또르르 꿰고 있는 사장으로선 모든 것이 돈으로 보이기 때문입니다. 그래서 따로 모아서 팔면 꽤 많은 돈이 된다며 절대로 공짜로 주지 말라고 했습니다.

그런데 늘 얻어가기만 한 노인이 큰 포댓자루에 온갖 병을 다

가지고 와서 팔겠다고 하는 것입니다. 병에서는 온갖 냄새가 풍겼습니다. 썩은 내, 시큼털털한 내, 아직 달착지근한 내. 그런 냄새까지는 어떻게 참을 수 있겠는데 지린내는 참을 수가 없었습니다.

귀신은 노인에게 병을 못 사겠다고 했습니다. 그랬더니 노인네는 고래고래 소리를 지르며 왜 안 사느냐, 사람 무시하는 거냐며 난동을 부렸습니다. 담배를 사러 왔던 남자 둘이 도와주어서 노인을 질질 끌고 문밖으로 나갔습니다. 냄새나는 포댓자루는 그대로 둔 채 노인은 절뚝거리며 어디론가 가버렸어요. 냄새가 풀풀 나는 포댓자루가 편의점 한쪽에 가만히 놓여 있습니다. 욜로족 추장 Y는 혼자 중얼거립니다.

'자리이타 이타자리.'

아버지가 늘 말했답니다. 욜로족 추장 Y는 아버지를 사랑했어요. 한 남자로서 단정하고 성실하게 살아온 사람이었습니다. 설령 아버지가 가정을 잘 꾸리고 자식 교육을 잘 하지 못했다 하더라도 그게 꼭 아버지만의 책임은 아니라는 생각이 들었다고 합니다. 그게 미안해서 아버지는 귀신의 직장인 편의점에 종종 들르는 것 같습니다. 욜로족 추장 Y는 아버지가 이룬 새 가정을 지켜주고 싶습니다. 공무원으로 30년을 묵묵히 살아왔으나 가정은 화목하지 않았습니다. 게다가 추장의 엄마는 관계를 회복할 시간도 주지 않고 병으로 세상을 떠났습니다.

추장은 자신의 주머니에서 얼마를 꺼내고 모자란 돈은 카운터 앞에 놓여 있는 사랑의 열매 모금함에서 꺼냈습니다. 노인의 공병을 사줘야겠다고 생각합니다. CCTV가 돌아가고 있는 걸 깜빡 잊었습니다. 노인이 늘 지나다니는 길목을 계속 눈여겨봅니다. 편의점 사장에게 걸리면 모두 도둑질로 몰릴 행동입니다.

14시간 편의점 귀신 브이로그였습니다. 오늘의 브이로그 어떠셨나요? 빨간 머리 연이었습니다.

12
정연만의 방식

학교를 나서면서 눈에 들어온 것은 서쪽으로 넘어가고 있는 햇빛이었다. 건물 사이로 쏟아져 나오는 햇빛은 정연의 양쪽 눈을 날카롭게 찔러댔다.

"뭘 잘했다고 그렇게 월급 타령을 해?"

정연은 살살 웃으면서도 한껏 쌀쌀맞았던 사모의 말이 떠올랐다.

'뭘 잘했다고?'

금요일마다 꼭 15분씩 늦었던 것을 말하는 건가? 학교 끝나고 허둥지둥 편의점으로 향하면 꼭 15분 지각이었다. 종례가 늦어서 어쩔 수 없는 일이었으나 정연은 핑계를 대기 싫어서 시급에서 제했다.

'뭘 잘했다고?'

생각나는 게 없었다. 매장 문을 잠그지 않은 채 음식물 쓰레기를 버리러 갔던 것, 바닥을 자주 쓸어주지 않은 것 따위를 말하는 것 같지는 않았다.

"여기 사장 어디 있어?"

영준에게 포스기를 인계하고 있을 때 술에 취해 '위 아더 월드' 상태가 된 정연의 아빠가 들이닥쳤다. 정연은 깜짝 놀라 아빠가 술 냄새를 풍기며 주저앉아 있는 테이블 쪽으로 갔다.

월급을 못 받았다는 정연의 말을 담아두었던 아빠가 정연의 월급 문제를 해결해 주려고 편의점에 온 것이었다.

"안녕하세요? 무슨 일 때문에 그러시는지요?"

영준이 사근사근하게 물었다.

"아, 자네도 여기 알바인가?"

정연의 아빠는 처음부터 영준에게 반말을 했다.

"예. 커피 한잔 드릴까요?"

"고맙지만 그건 됐고… 내가 사장한테 할 말이 있어서….."

정연은 창고에서 가방을 메고 나왔다. 아빠에게 밀린 월급 이야기를 할 때 해결해달라고 한 소리는 아니었다. 평소 수줍음을 많이 타는 아빠가 술을 마시면 오히려 더 큰소리를 치는 걸 여러 차례 보았기 때문에 지금은 더 위험한 상황인 것이다.

"아빠, 그냥 가자."

"가긴 왜 가? 어린 학생들 월급 떼어먹고 그러면 안 되는 거야. 안 그렇습니까? 젊은 총각?"

아빠가 영준에게 갑자기 존댓말을 썼다. 영준은 웃으며 고개를 끄덕였다. 거기까지가 평화로운 대화였다.

사장이 수금을 하러 편의점에 들렀고, 퇴근을 안 한 정연과 술 취한 아빠를 보고는 미간을 잔뜩 좁혔다. 인사도 없이 휙 사무실로 들어가 버리는 사장을 보자 정연은 자신이 죄인이 된 것처럼 잔뜩 주눅 들었다.

"저 사람 사장 아냐?"

정연은 난감한 표정을 지었다. 술에 취한 아빠는 똑바로 걷지를 못했다. 사무실 쪽으로 휘청거리며 가다가 판매대에 부딪혀 과자 봉지들은 우수수 떨어졌다. 위 아더 월드인 아빠는 아랑곳하지 않고 사무실 문을 두드렸다.

"사장님, 제가 할 말이 있는데요. 이리 좀 나오시죠."

정연은 아빠를 부축한 채 문 앞에 함께 섰다. 앙상한 아빠의 팔뚝이 만져졌다. 엄마가 입원하면서 더 마르고 피부도 시커멓게 탄 것 같았다.

사무실 문은 열리지 않았다. 아빠가 두 손바닥으로 문을 두드리자 입술을 꽉 문 사장이 문을 열었다.

"무슨 일이죠?"

"아, 제가 양정연이 애비 됩니다. 먼저 인사를 드렸어야 하는데….”

아빠의 인사를 싹둑 잘라먹고 사장이 정연에게 물었다.

“지금 뭐 하는 거야? 이 밤에 술까지 먹고…. 기본적으로 예의가 없는 사람들이라니까.”

딸꾹. 위 아더 월드인 아빠가 사장의 사납고 찬 기운에 놀랐는지 딸꾹질을 했다.

“예의 예의 하지 마쇼! 애들 알바비가 얼마나 된다고 그걸 떼먹고 미룬답니까?”

“지금 술 마시고 영업장에 와서 행패 부리는 겁니까? 떼먹은 게 아니고 조금 늦은 겁니다. 가뜩이나 맘에 들지 않는데 전후 사정도 모르고 뭐 하는 건지….”

“아니, 우리 딸이 뭐가 어때서? 애 엄마가 아파서 가뜩이나 힘들게 일하고 있는데 뭐가 맘에 안 든다는 거요?”

“지각을 밥 먹듯 하고 카운터에 앉아 그림이나 쳐 그리고 있고…. 여기가 자기 집 안방이야? 학원이야? 일터를 놀이터로 알고 있는데 말이야!”

정연은 얼굴이 화끈거리고 명치가 꽉 막힌 것처럼 숨을 쉴 수가 없었다. 아빠는 존댓말을 하고 있는데 사장은 거의 반말이었다. 게다가 처음부터 자신을 그렇게 싸늘하게 관찰하고 있었다는 게 더 소름 끼쳤다. 편의점을 안방으로 여겼다니? 그림을 쳐 그리다니?

"제가 언제 놀이터로 여겼다고 그러세요? 지각은 학교 끝나는 시간 때문에 어쩔 수 없다고 말씀드렸잖아요."

한쪽 팔로 문고리를 잡고 있던 사장은 여차하면 문을 닫아버리려고 했고 정연과 아빠는 못 닫게 하려고 문을 밀고 있는 형국이었다.

편의점의 사무실과 창고는 합판을 세워 만든 임시 공간이었다. 두 사람의 힘이 문에 함께 실리자 문이 열리는 것이 아니라 평소 흔들리던 벽이 기울며 으지직 비명을 질러댔다. 벽면이 흔들리자 벽에 기대놓은 탄산음료 박스가 옆으로 넘어지고 뚜껑이 터져 물을 뿜어댔다.

탄산수 벼락을 맞은 손님들이 화를 내며 나가버리고 걸레를 든 영준이 달려왔다.

"이젠 기물 파손까지···. 내 참 기가 막혀서."

순식간에 벌어진 일에 아빠 얼굴이 창백해져 있었다.

접착제가 떨어진 벽은 계속 덜렁거렸다.

"괜찮아요. 전부터 계속 흔들렸어요."

영준이 걸레질을 하며 말했다.

"영준아. 돈 있는 거 집어주고 보내. 양정연 내일부턴 나오지 마. 알았어?"

영준의 위로에도 전의를 상실해버린 정연 아빠는 할 말을 잃고 말았다. 정연은 영준에게서 받은 돈을 주머니에 넣고 편의점

124

에서 나왔다. 90만 원이 체불된 상태로 결국 실업자가 되고 만 것이다.

정연은 빛을 바로 보지 못하고 얼른 고개를 옆으로 꼬았다. 어영부영 넘어가는 걸 싫어하는 정연은 편의점에서 한 달째 소식이 없자 명치 끝에 뭔가 걸린 것처럼 답답하고 불안한 심정이었다. 결국 알파와 오메가에 전화를 걸어 월급 이야길 할 수밖에 없었다.

아빠가 술 먹고 그렇게 난리만 치지 않았다면 정연은 그곳에 있었을 것이다. 체불된 채 일을 하는 것과 체불된 채 쫓겨난 것은 느낌이 다르다. 짜증과 절망의 차이다. 짜증은 해결의 여지가 있는 것이다. 하지만 절망은 다르다. 해결의 여지가 없을 때 결과적으로 찾아오는 감정이다.

'아빠에게 말하지 말아야 했어.'

정연은 가슴을 치며 후회했다. 괜히 편의점 일을 시시콜콜 늘어놓아 아빠를 흥분하게 만들었다. 아빠가 술에 취하면 위 아더 월드가 되는 사람이란 걸 알면서도 일을 망치고 말았던 것이다. 아무에게나 어깨를 겯고 형님 동생 하는 아빠는 옆에서 아무리 논리를 들이대도 이성 지수가 제로가 되곤 했다. 한마디로 동물적인 본능만이 살아 숨 쉬는 사람이었다. 정연은 아빠를 좋아하지만 믿지는 않는다. 엄마도, 동생 정진도 마찬가지다.

오늘 사장이 깔끔하게 월급을 정리해준다면 정연은 당장 싸움을 그만두겠다고 생각했다. 쪼잔하게 90만 원 정도 알바비를 안 주려고 질질 끌며 잔머리를 굴리는 이유를 모르겠다. 영준의 말대로 치사하다고 생각해 그냥 물러서기를 기다리는 건가? 아니면 기물 파손의 책임을 물어 묵묵부답으로 야단을 치고 있는 건가?

"흥! 그냥 물러서진 않을 거야."

햇빛 따위로 자신의 마음이 흔들린 게 정연은 좀 후회됐다.

편의점 앞 은행나무는 마지막 잎새마저 떨구고 황량하게 서 있었다. 그 옆으로 영준의 오토바이가 시커먼 자물쇠를 물고 엎드려 있었다. 오늘도 검은색 스쿠터는 군용 점퍼를 걸치고 엎드려 있는 것 같은 모습이었다.

드라이브를 하러 갈 시간이 없어졌지만 영준의 허리에 손을 꼭 감고 오토바이를 탈 때마다 정연은 한순간 이 지긋지긋한 삶의 구렁에서 벗어난 것 같은 시원함을 느꼈다. 영준의 삶과 모습에서 자신과는 전혀 다른 매혹을 느끼게 된다. 고지식하고 답답한 굴레 같은 걸 일찌감치 내던진 홀가분함 같은 것. 한쪽 귀에 이어폰을 꽂고 몸을 흔들며 영준은 삶을 즐기고 있었다. 그는 요즘 새 오토바이를 사려고 인터넷 중고샵을 뒤지는 재미에 푹 빠져 있다.

마음에 두고 있는 '혼다 클래식'을 사려면 아직 기다려서 할 시간이 꽤 걸리겠지만 자기 경험상 그 시간이 오긴 온다고 했다.

세상을 다 아는 척 훈수 두는 허세 작렬한 성격이지만 끊겠다고 몇 번이나 공약으로 내걸었던 담배는 여전히 못 끊고 있다. 한쪽 귀에 이어폰 끼운 걸 잊고 중간중간 홀로 노래를 읊조리는 걸 보면서 예은은 얼빠진 것 같다고 비웃곤 했다.

정연은 지금 매장 밖에서 폐기를 풀고 있을 영준에게 전화를 걸었다.

"다 왔어."

– 이 맹탕아! 좀 일찍 와야지.

"학교 끝나고 바로 오는 길이라고."

– 타이밍이 어정쩡한데. 빨랑 와야 얼굴이라도 볼 수 있겠다.

정연은 어제저녁 영준과 통화하면서 분명히 4시 반에 사장과 만나기로 약속을 잡았노라고 말했다. 정연은 한 시간을 넘게 폰을 붙잡고 오늘 사장과의 담판을 어떻게 영양가 있게 이끌어갈 것인가 작전까지 짰다. 위협하고 타협하고 호소하고…. 영준은 수화기 저편에서 응응 하면서 컴퓨터 마우스를 눌러댔다. 안 봐도 뻔했다. 오토바이들…, 정연도 영준처럼 차가운 바람을 쐬고 싶었다. 겹겹이 막혀 있는 이 침잠되어 있는 공기를 견딜 수 없다. 3개월의 밀린 월급 앞에서 한없이 비굴해지고 또 대담해지다가 결론을 못 맺고 잠이 들나 말다 한 것이다.

– 지금 새 간판이랑 선팅 얘기하면서 뒷문 쪽으로 나가고 있어. 외출은 아닌 것 같으니까 매장 안에서 기다려. 거래처 사장도

있는데 쌩까진 못할 거 아냐?

"지난번처럼 약속 잊어버렸다고 오리발 내밀면 어떡하지?"

– 김새게 뭔 소리야?

"내 옆에 있어 주라."

– 싫어.

정연은 흘러내린 머리카락을 입바람으로 날렸다.

"와, 인성 쓰레기네? 나 몰랑이라 이거니?"

영준은 난감해하면서 순진 코스프레한 멘트를 날렸다.

– 여기서 잘리면 다시 직장 구하러 다녀야 한다고. 나는 양정연의 숨은 조력자로 있을게. 더이상 바라지 마.

"같이 월급 밀리고 있는데 우리 뭉쳐야 하지 않을까?"

– 넌 그만뒀고, 난 일하고 있잖아?

"열심히 해보셈. 누가 먼저 받나 보자고."

– 됐고. 간판이랑 선팅 어쩌고 얘기하는 걸 보니 인테리어 새로 할 건가 봐.

정연은 투명인간 취급을 당한 것 같은 기분에 휩싸였다.

"알바생 돈은 떼먹고 가게는 제대로 꾸미시겠다 이건가?"

가게를 새롭게 꾸민다는 이야기를 듣자 정연은 왠지 인간적으로 무시를 당하고 있다는 느낌이 들었다. 정연이 전화하면 며칠 내로 월급을 넣어주겠다고 했다. 그러나 확인을 하면 늘 텅 빈 통장이었다. 편의점을 그만둔 후 편의점이 갑자기 사라져버리는 꿈까지 꾸었다. 예은이나 영준과 통화할 때마다 느끼는 건데 사장 부부는 알바생 밀린 월급엔 아랑곳 없이 자기 할 건 다 한다. 간판과 선팅이 정연의 90만 원보다 못하진 않을 것이다.

편의점 안에는 손님 세 명이 각기 다른 진열대 사이를 돌아다니고 있었다. 평소에 잘 볼 수 없던 사모가 카운터에 나와 있었다. 아직 정연을 대신할 새 알바를 안 뽑은 모양이었다. 왜 새 직원을 뽑지 않는 걸까? 알바 사이트에 올리면 알바생은 충분히 뽑을 수 있는데? 정연은 불길한 예감에 휩싸였다. 원래 불길한 예감은 늘 적중하는 법이라 밀린 월급을 받을 길이 더 어두워진 것 같았다

계산대에 서 있던 사모가 정연을 옆으로 흘깃 보는데 불편한 기색이 역력했다. 매장 안에도 쌔한 공기가 함께 흐르고 있었다.

"안녕하세요?"

"어⋯."

사모는 그날 밤 갑자기 들이닥쳐 고래고래 소리를 지르던 취한 아빠 이야기를 들은 모양이었다. 눈꼬리를 올리며 바라보는데 째려보는 것 같은 느낌이었다. 월급 이야길 했다간 '나는 모른다.'는 대답을 바로 들을 것 같았다.

"지금 금방 니기셨어. 조금만 일찍 오지 그랬니?"

"월급 완불해주시기로 약속했거든요."

"나한테 말하지마! 난 그런 얘기 못 들었는데⋯."

4시 30분인데 약속을 잊어버렸다는 건지, 알바 나부랭이 따위
와의 약속은 중요하지 않다는 건지 알 수가 없었다. 계산하려는
손님들 때문에 사모와의 대화는 계속 이어지지 못했다. 당장 금
고를 열어 그 속에 들어 있는 돈을 집어 올리고 싶은 걸 꾹 참고
정연은 그 자리에서 사장의 번호를 눌러 통화를 시도했다. 하지
만 부재중으로 전화를 받을 수 없노라는 멘트만 흘러나왔다. 정
연은 일부러 전화를 받지 않고 있다고 생각했다. 두 달 치 정도
의 월급이고, 이곳을 그만둔 지 한 달이 지난 상황이었다. 사장
은 이제 눈앞에서 아무렇지도 않게 사라져버릴 정도로 뻔뻔하
게 굴었다.

속은 부글거리는데 터뜨릴 당사자가 없었다. 살살 피하다가
맞닥뜨리면 잊었다고 발뺌하는 형상이다. 약이 올라 발을 동동
구르다가 잠에서 깨곤하는 하루하루다.

"영준인 어디 있어요?"

"창고에 음료수 정리하고 있어. 재고 조사 때문에 일찍부터
나와서 돕고 있지. 나이도 두 살이나 많은 오빤데 말이 너무 짧
다. 너?"

"걔가 그러라고 했어요."

월급도 안 주면서 예의범절을 가르치는 게 어이없어서 정연은
목소리가 거칠어졌다.

"하여튼 막돼먹은 게 돈만 밝혀."

뒤통수에 대고 하는 말이라 더 기분이 나빴다. 정연은 부글거리는 가슴을 진정하고 다짐했다. 싸움을 다른 쪽으로 옮기지 말자. 아빠의 싸움이 실패한 것은 사장에게 휘말렸기 때문이었다.

이런 거로 이 부부와 얽히게 되면 진흙탕 싸움이 될 게 뻔하다. 고딩이 머리 빨갛게 염색하고 다닌다는 둥, 가족들을 데려와 영업을 방해했다는 둥, 위아래도 없이 건방지다는 따위의 인신공격으로 논점을 뭉개버리니까 말이다. 약아빠진 선수들이 틀림없다. 얼마나 많은 편돌이와 편순이가 휘말려 물러났을지 모를 일이었다.

건물 통로 곁에 있는 창고로 돌아가다 보니 지하주차장 출구 쪽으로 검은색 소나타가 꽁무니를 빼고 달아나고 있었다. 5592, 사장의 차량번호였다.

창고 앞 영준은 오늘도 한 떼의 중딩들에게 휩싸여 있었다.

"얘들아, 이거 먹고 꼭 요구르트 먹어. 탈 났다고 오빠 찾아오면 안 된다, 알았쟈?"

먹을 걸 하나씩 집어 든 중딩들은 참새떼처럼 '네. 고맙습니다.'라고 대답하고 뿔뿔이 흩어졌다.

"오늘은 뭐 있어?"

"삼각김밥, 샌드위치, 어묵탕."

"애들이 많이 나왔네."

"학교에 알려져서 맨날 여섯 일곱씩은 폐기 받으러 와."

"이 편의점이 아주 인간적인 곳인 줄 알겠네, 쌍!"

"너도 이거 하나 먹어."

유통기한이 지난 요구르트였다. 정연은 알루미늄 뚜껑을 이로 뚫고 입속에 털어 넣었다.

"오빤 여기서 계속 일할 거야?"

"갑자기 왜 오빠래? 닭살 돋게. 다 그놈이 그놈이기 때문에 난 여기서 버틸 거야."

"생각보다 순악질인데?"

"두고 봐."

정연은 매장 문 쪽으로 가서 가게 안을 들여다보았다. 사모는 누구에겐가 전화하고 있었다.

정연은 영준의 방법에 대해 생각해보았다. 소심한 복수…. 계속 도둑질을 하겠다는 거구나. 어느 세월에? 정연은 고개를 저었다.

요구르트병을 박스에 던지고 다시 매장으로 들어갔다. 사모는 통화하면서 찡그리듯 정연을 바라보았다. 눈짓으로 용건을 묻는 것 같았다. 정연은 전화 통화하는 걸 끊을 수 없어서 카운터 앞에 가만히 서 있었다.

"뭐? 나한테 말할 것 있으면 해."

사모는 수화기를 한 손으로 막고 정연에게 도발적으로 물었다.

"오늘은 사장님을 꼭 뵈어야 하거든요. 학원비를 내야 해서요.

사장님이 약속을 잊으셨는지 연락이 안되네요."

"…지금은 못 만날 거야. 재계약 기간이라 다른 프랜차이즈를 알아보러 가셨거든."

가맹비랑 위약금 등이 만만치 않을 것 같았지만 더 묻지 않았다.

"오늘 오라고 하셨는데요. 제가 돈이 좀 급해서요."

정연은 다리 힘이 쭉 풀리는 걸 느꼈다. 약속한 것처럼 부부는 계속 거짓말을 하는 것 같았다. 잊어버릴까 봐 어젯밤에 문자까지 넣었다.

"아무 말씀 안 하고 나가셨다니까. 나갈 건 많고 요즘 정말 힘들어."

"오늘은 다 정리해주시겠다고 했어요."

사모는 '좀 있다. 다시 전화할게.' 하더니 전화를 툭 끊어버렸다. 예전에는 몰랐는데 미간에 잡힌 주름이 사장과 똑같이 닮아 있었다.

"바빠 죽겠는데 너 참…. 왜 그렇게 닦달이니? 어린 것이 아버질 시켜 행패를 부리질 않나…. 어디서 막돼먹은 게 들어와서…."

정연은 사모의 얼굴을 불타는 눈으로 바라보았다. 할 말이 많았으나 논점을 흐리지 않으려고 가만히 있었다. 아빠처럼 물러나진 않겠다고 다짐했다. 복수가 차올라 병원에 누워 있는 엄마에게 손을 벌릴 수 있어? 그럴 순 없어. 난 내 힘으로 이 시간을 통과해야 한다고. 정연은 계속 차오르는 말들을 꿀꺽꿀꺽 삼켜야 했다.

"월급을 받고 다른 데 취직하려고 기다리고 있는데 계속 안 주시니까요."

"우리도 되는 대로 보내주잖니? 60은 받았지? 먼저 해결하려고 했는데 일이 이렇게 된 걸 어떡하란 말이니?"

"제 월급은 안 중요하단 말인가요?"

"학생이 뭐가 그렇게 급한 일이 많은데?"

처음 편의점에 원서를 냈을 때는 상황이 이렇게 급박하지는 않았다. 월급을 못 받으니 점점 쪼들릴 수밖에 없었다. 고딩이라고 시급 7,350원이라고 했다. 법정 시급에 한참 못 미치는 금액이었으나 학교를 그만두지 않고도 넉넉하게 살아갈 수 있는 금액이었다. 사모는 사근사근하게 커피도 내주고 밤에 동생과 먹으라고 친절하게 군고구마를 내어준 적도 있었다. 학교와는 다른 세계였지만 감동 그 자체였다. 깔끔하게 정리된 편의점. 하지만 시간이 지날수록 쌀쌀하고 권위적인 생계의 본색이 드러났다.

정연은 눈을 찌르는 머리카락을 또 불어 넘겼다. 진홍빛 머리카락이 눈앞에서 춤추다가 내려앉았다. 양정연, 참아, 제발. 아빠 꼴 난다.

"두 달 치나 밀렸는데요. 그만둘 때 삼십 받고, 땡이었어요."

정연은 챙겨줬다고 생색을 내는 것이 못마땅해 쫓겨나던 날 받은 금액을 환기했다.

"애, 우리도 있으면서 안 주는 게 아냐. 길 건너 새 편의점 들어온다고 하지, 임대료는 올라가지. 가뜩이나 일할 때는 지각도 잦고 계산도 많이 틀리는 걸 데리고 있어 줬더니 고마움도 모르고 월급만 보채는 거니? 자격도 안되는 걸 데리고 있어 줬더니."

"알겠고요. 오늘 사장님이 월급받으러 오라고 하셨다고요. 근데 전화도 받질 않으세요. 아까 나가는 차 사장님 차잖아요?"

"난 몰라. 그렇게 급하면 기다려보든가."

물건을 든 손님들이 계산대로 모여들었기 때문에 또 사모와 정연의 대화는 끊겼다. 정연은 더 말하지 않았다. 아니라고 한다면 확인할 길이 없기 때문이었다. 계산대에서 물러나 시식대로 향했다. 라면 국물통에서 구수하게 올라오는 라면 냄새 때문인지 배가 고팠다. 이렇게 기다리는 시간이 길어질 줄 알았다면 집에 들렀다 올걸 하는 후회가 밀려왔다.

찬 바람이 불면서 병실에 있는 엄마는 두꺼운 이불을 가져다 달라고 했다. 병원 담요로는 새벽 한기를 막을 수가 없다는 것이었다. 날카로웠던 햇살은 골목 안쪽으로 사그라들고 있었다. 정연은 한숨을 쉬며 혼잣말을 했다.

"오늘 꼭 받아야 하는데…. 줄 사람이 없네."

휴대폰에 실시간 검색으로 남북 정상의 회담 소식이 순위에 들어 있었다. 이런 기사를 보는 사람들이 한 알바생의 임금 체불 이야길 들으면 가소롭다고 콧방귀를 뀔지도 모른다. 정연은 자신도 모르게 검색어로 '밀린 월급'을 쳤다. 밥줄이라는 생각에 목이 멘다. 영준이 블랜딩한 커피를 건네주며 지나갔다.

"이거 마셔. 너도 독한 것들 만나 고생한다."

같은 반 짝꿍에게 빌린 돈이 3만 원을 넘어섰다. 매점에서 천 원짜리 빵을 조금씩 사 먹은 게 벌써 그렇게 많이 쌓인 것이다.

'이번 알바비 받으면 갚을게. 쏘리.'

정연은 학교 매점을 끊을까 생각 중이다. 메꾸고 채워 넣어야 할 돈은 계속 필요했다. 그러나 요즘 제대로 된 엄마 밥을 먹어 본 적이 없기 때문에 점심시간까지 배가 고파서 견딜 수가 없었다. 아빠 월급은 고스란히 엄마 수술비로 들어가고 정연과 동생은 어디다 손을 벌릴 데가 없는 처지이다.

월급, 밀린 월급, 임금 체불, 떼인 돈 받아드립니다… 줄줄이 같은 제목의 검색어들이 뜨는데 '밀린 월급을 받는 방법'이란 제목이 눈에 띄었다. 정연이 간절히 찾고 있는 제목이었다.

Q. 3개월 동안 월급 못 받고 있는데 어떡하죠? 돈 받을 방법
이 없을까요?

A. 안녕하세요? ○○청소년지원센터입니다.

3개월 동안 일하고 월급을 못 받아서 받는 방법이 궁금하신 것이지요? 근로 계약에 관한 부당한 대우를 받았을 때는 노동부에 전화하시거나 방문하시어 도움을 요청하세요. 근로 감독관의 도움을 받으면 문제를 해결할 수 있을 것 같군요. 각 지역마다 근로자 상담실이 설치되어 있답니다. 곧 문제가 해결되어 밀린 임금을 받게 되시기 바랍니다.

A. 이런 안타까운 일이⋯. 이렇게 하세요. 노무사 사무실을 방문하여 상담을 받으시든가 아니면 노동부를 방문하여 도움을 받으세요. 그게 최선입니다.

노무사 사무실은 어디에 있는 거지? 노동부는 또 어디람? 노동부가 임금 지급을 권하더라도 고용주가 임금을 지급하지 않을 때에는 진정한 내용이 소용없다고 했다. 그러면 별도로 임금 지급 소송을 해야 하는데 학교에 다니는 학생 신분으로 할 수 있는 일이 아니었다. 정연은 머리를 흔들었다. 이렇게 당하고 있을 수는 없었으나 혼자 힘으로 가능한 일이 아니었다.

정연은 머리를 들어 카운터를 살펴보았다. 사모는 온다간다 인사도 없이 가버렸고 영준은 어느새 욜로족 추장이 되었다. 한쪽 귀에 이어폰을 꽂은 채 여전히 몸을 흔들며 매내에 빠진 물건들을 채워놓고 있었다.

"정연아, 여기서 마냥 기다려봤자 그 인간들 너 만나러 올 리

137

없어. 내가 연락해줄 테니 집에 가라."

영준은 정연 쪽을 쳐다보지도 않는다. 되지도 않을 싸움이라고 생각하는 것 같다. 월급을 못 받고 나가떨어진 아이들이 있었다고 그는 혀를 찼다. 마음은 알지만, 정연은 인정할 수 없었다. 아빠가 아무리 영업을 방해했어도, 지각을 자주 했어도, 건방지게 굴었다 해도 자신은 온 힘을 다해 알바를 해왔기 때문이다. 월급이 얼마가 되었건 정연에게는 참을 수 없는 것이 하나 있었다. 얼마나 애쓰고 마음을 졸였나? 미술학원에 다니겠다고 온갖 고생을 하며 잡은 알바 자리였다. 입시를 통과하겠다고 종례가 끝나자마자 죽기 살기로 달려와 잠을 쫓으며 계산대를 지키던 곳이었다. 이건 온 힘을 다해 달려온 자신에게 못 할 짓이었다. 이렇게 맥빠지게 물러설 수는 없었다.

"오늘은 사장을 만나 담판을 짓고 갈 거야."

무슨 담판? 기껏해야 언제까지 주겠다는 약속? 사장은 사정이 좋지 않다는 것부터 시작해서 정연이 그동안 매우 불성실한 알바생이었다고 공격을 해대고 마지막엔 며칠까지 주겠다는 약속으로 마무리 짓는다. 그게 끝이었다. 벌써 세 번째 반복.

"아, 널 보니까 진짜 일할 맛 안 난다."

영준은 손님이 물건을 올려놓고 다른 물건을 고르는 동안 슬쩍 음료수 하나를 찍고 밑으로 내려놓는다. 감시카메라가 네 대나 돌아가고 있는데도, 영수증을 꼼꼼히 살피는 손님들이 있는데도 겁내지 않고 꾸준히 물건을 빼돌린다. 사장 부부에게 발각되면 밀린 월급을 내놓으라고 소릴 지를 거라고 한다. 배짱 한 번 두둑하다.

"말만 하지 말고 옆에서 압력 좀 넣어주라."

"나도 그러고 싶다. 근데 나한테 무슨 힘이 있냐?"

흔들흔들 리듬을 따라가고 있는 영준을 따라잡기 힘들다. 뒤숭숭한 마음으로 정연은 편의점에서 나왔다. 오늘도 월급은커녕 언제 주겠다는 답변조차 듣지 못한 채 맥빠지는 걸음을 옮겨야만 했다.

13
끝이 아니다

2교시 수업 시간, 교실 스피커에서 양정연이라는 이름이 들렸다. 행정실로 내려오라는 것이었다. 아이들이 웅성거리고 있었으나 정연은 짚이는 게 있었다. 인터넷으로 민원을 넣었던 '밀린 월급'에 답변이 온 것 같았다. 정연은 무릎담요를 허리에 두른 채 1층 행정실로 내려갔다. 낯선 남자에게 걸려온 전화였다. 노동부 산하 노사분쟁 조정실이라고 했다. 노동부? 노사분쟁 조정실?

"양정연 양인가요? 월급 문제를 조정하기 위해 자리를 마련했습니다. 내일모레 오전 10시에 이곳으로 나올 수 있죠?"

정연은 모레? 수요일? 날짜를 짚어가다가 개교기념일이라는 것을 알고는 쾌재를 불렀다. 갈 수 있지, 갈 수 있고말고. 안 되면 조퇴를 하고라도 가려 했다.

"사장님도 나오는 건가요?"

"예. 확답받았어요."

이번에는 속 시원하게 월급을 받을 수 있는 걸까?

빨강머리 앤은 악전고투 끝에 마릴라 아줌마네 집에서 정착하고 살게 되었다. 빨간 머리 연은 어디에서 살게 될까? 자신의 진로만큼 편의점 알바비도 방향을 알 수 없었다.

정연의 밀린 월급 이야기를 알고 있는 친구들과 계속 이야기를 나누다 보면 이해가 엇갈리는 부분이 있고 그 지점에서 동상이몽을 꾸는 경우가 많았다. 그 때문에 낭패를 본 적이 한두 번이 아니었다.

예를 들면 정연이 월급을 2개월 치나 못 받았으며 그걸 받으려고 수십 번도 더 편의점에 전화했고 사장이 꼼수를 부리는 바람에 계속 받을 수 없어 노동부에 진정서를 냈다고 말했다고 치자. 그 이야기를 듣던 애들은 우선 월급이 얼마인지 묻는다. 정연은 150만 원쯤 된다고 말한다. 와우, 꽤 많다. '받으면 한턱 쏴.'라는 반응이 온다. 60은 띄엄띄엄 받았고 아직 나머지 돈은 들어오지도 않은, 아니 영원히 안 올 수도 있는 돈이다. 게다가 이렇게 집요하게 물고 늘어지는 정연에 대해 어떤 판단을 하고 있을지도 모른다. 대입을 코앞에 둔 마당에 알바비를 포기하지 않고 편의점에서 사장과 악다구니까지 한 정연에 대해 '앤 엄정 집요한 애구나. 친구 사이에서도 그럴 수 있으니 조심해야겠다.' 수군거리는 아이들도 있는 거였다. 그만큼 말이라는 건 듣는 사람을 전

제로 한 것이고 듣는 사람은 자신이 듣고 싶은 것 위주로 듣는다
는 것이다. 아무튼 분쟁조정실의 전화를 받고는 명치께에 머물
고 있던 묵은 체증이 훅 내려가는 느낌이었다.

　정연은 조정실 문을 세 번째 두드리고 잠깐 멈췄다. 편의점 사
장과 끝나지 않는 지루한 심리전을 끝낼 수 있을 것 같은 기대감
때문이었다. 요리조리 치고 빠지던 사장도 공권력 앞에서는 어
쩔 수 없구나 싶었다.

　"예. 들어오세요."

　문 안에서 목소리가 들려왔다.

　"제가 진정서를 낸 학생이에요."

　"아, 양정연 학생…."

　"예."

　조정관은 서류를 들여다보며 혀를 쯧쯧 찼다.

　"이거 아주 전형적인 수법이네. 계속 시간을 끌면서 찔끔찔끔
주다가 중간에서 멈춰버리는 거지."

　"여섯 달이나 기다렸는데 아직도 줄 생각을 안 해요. 사장님은
외국여행까지 갔다 온 걸로 알고 있어요."

　"그걸 어떻게 알았죠?"

　"거기 저와 친한 친구들이 일하고 있거든요."

　"그럼 그 친구는 월급을 제대로 받았나요?"

"전부 다 받은 건 아니고 잊을만하면 한 번씩 준다고 하더라고요."

"조금 있으면 학생이 일했던 편의점 사장님이 올 거예요. 우리가 좀 더 강력하게 말해줄게요."

"감사합니다. 그럼 이제 정말 월급을 받을 수 있는 건가요?"

"직접 받아주는 건 아니지만 약속 어음을 받게 해주죠."

"약속 어음이 뭐예요? 그게 현금과 같은 건가요?"

"그건 아니에요. 혹시 돈을 못 받게 되었을 때 민사소송을 낼 수 있는 자료가 되는 거죠."

"민사소송이 뭐예요? 이게 끝이 아니라는 건가요?"

"우리가 해줄 수 있는 건 이 사건이 민사 문제가 되지 않도록 압력을 가하는 것이지, 이게 법적 효력이 있는 건 아니라는 거죠."

정연은 빨강머리 앤처럼 염색한 자신의 머리카락을 쥐어뜯고 싶었다. 희망을 품을만하면 무너지고 또 맨 처음 그 자리로 돌아와 있는 것이다.

붉은색 뿌리 부분이 이제 거뭇거뭇하게 올라오고 있었다. 가냘픈 끈을 잡고 앞으로 나가기에 너무 힘이 들었다. 감독관 말로는 정부기관에서도 완전하게 해결할 수 있는 문제가 아니라는 것 같았다. 결국 구체적인 효력이 발생하는 건 아주 먼 나라의 이야기라는 얘기다. 여기까지 오는 것도 정말 힘이 들었는데 또 수렁에 빠진 건가 싶었다.

그날, 남들 앞에서 인사도 제대로 건네지 못하게 진탕 취한 아빠가 술에 취해 편의점을 찾았던 것이 오히려 사장 부부의 감정을 건드린 것 같았다. 영준이 아니었다면 파손된 기물에 대한 손해도 다 물어내라고 했을 것이다. 기고만장해진 사장은 줄 돈 없으니 마음대로 해보라고 말했다. 그 후 배째라로 돌변한 사장에게 속수무책이었다. 주겠다고 미루고 미안한 표정을 짓던 사장 부부가 대놓고 못 주겠다고 태도를 바꾼 날이기도 했다.

사장은 정장 차림으로 조정실로 들어왔다. 어디를 봐도 알바생과 그의 아버지를 향해 으르렁거릴 사람처럼 보이지 않았다. 알바생과 월급 약속을 한 채 차를 끌고 꽁무니가 빠져라 도망칠 사람처럼 보이지 않았다. 사장은 원탁 옆자리에 앉아 있는 정연을 보고도 무표정하게 고개를 돌리고는 조정관에게 짧게 인사를 했다.

"알파와 오메가 편의점주 되십니까?"

"예. 그렇습니다."

"임금 체불 문제로 양정연 양이 진정서를 내서 연락을 드렸습니다."

조정관은 건조한 태도로 문서를 보며 말했다.

"예. 알고 있습니다."

사장은 깍듯했다. 정연은 표리부동한 사장의 태도에 놀라 말문이 막혔다. 위 아더 월드인 아빠가 딸꾹질해댈 정도로 냉정하던 모습이 아직도 눈에 선했다.

"저희도 엄청난 가맹비가 들어 아직 해결할 빚이 쌓여 있습니다."

단정하게 빗겨져 있던 사장의 머리카락이 한 올 떨어지면서 초췌하고 안쓰러워 보인다. 평소 영준이나 정연에게 누군 월급을 주기 싫어 안 주는 거냐고 날카롭게 쏘아붙이던 공격성을 찾아보려야 찾을 수가 없었다. 선량하고 가난한 자영업자 하나가 독하고 이기적인 알바생에게 걸려 노동부까지 불려온 것처럼 보였다.

"정연 양은 150만 원 정도의 월급 중 60만 원만 받았다고 하는데 그게 맞습니까?"

"예. 그렇습니다."

"월 매출이 5천만 원이 넘는다고 하는데 이 정도 급여를 못 준다는 게 말이 됩니까?"

"임대료와 인건비를 제하면 한 달에 저한테 200만 원 정도 떨어집니다. 그나마 대출까지 갚으려면 가장으로서 생활할 수가 없는 돈이죠."

"얼마 전 부부가 해외여행까지 다녀오셨다던데….'

"재계약 이벤트에 당첨되어 다녀온 것입니다."

"그렇다고 일을 부린 식원 월급을 이렇게 오래도록 안 준다는 게 인정되지 않습니다."

"우리도 살아남기 위해서 어쩔 수 없다는 걸 말하고 싶습니다. 최저임금을 지키거나 월급을 또박또박 주어야 하는 거야 누가 모르나요? 그런 걸 다 지키다 보면 우리가 죽을 판이기 때문에 그런 거죠."

감독관이 의자를 뒤로 젖히며 정연과 사장을 번갈아 보았다.

"알바생들은 대부분 빽 없고 돈 없는 학생이기 때문에 훨씬 상처가 깊습니다. 자, 다시 원점으로 돌아가서 말씀드립니다. 밀린 월급을 언제까지 지불하실 겁니까?"

감독관이 사장을 똑바로 바라보며 다그쳤다. 사장은 흠흠 목소리를 가다듬고 말했다.

"저도 생각하고 있습니다. 한 번에 갚지는 못하더라도 꼭 지불하겠습니다."

"아니 웬만하면 한 번에 주시길 권합니다."

"…예. …알겠습니다."

사장이 정연을 한 번 보았다. 붉게 충혈된 눈이다. '나를 원망하고 있구나.'

정연은 고개를 돌려버렸다.

"국가와 약속하신 것이기 때문에 반드시 지키셔야 합니다."

정연도 사장을 똑바로 보았다. 정연은 눈빛을 받아쳐야 한다고 생각했다.

'빨간 머리 연, 물러서지 마!'

"…그렇게 하겠습니다."

사장이 각서에 자필 사인을 하고 나자 감독관은 정연에게도 사인하도록 했다.

"본사가 가맹점에 엄청나게 부담을 주니 우리도 어쩔 수 없이 알바생들에게 부담을 주게 되네요. 죄송합니다."

형편이 안 돼서 그런 거지 양심은 있는 사람처럼 느껴졌다. 조정실 분위기가 조금 부드러워졌다.

"그런 이야길 정연 양에게 하셨어야죠. 그랬다면 사태가 이 지경까지 오진 않았을 거예요. 어린 학생이 여기까지 오려고 얼마나 힘이 들었겠습니까?"

"그런 이야길 학생들이 알까요? 늘 헐레벌떡 편의점에 와서 또 끝나기 무섭게 집으로 돌아가고 만취한 아버지라는 사람이 찾아와 문까지 부숴놓고 갔습니다."

"원래 망가져 있던 문이잖아요. 전화조차 안 받으니까 저희 아빠가 한밤중에 찾아갔던 거예요."

정연이 갑자기 소리를 지르는 바람에 두 사람 다 얼굴이 굳어졌다. 사장의 말속에 파렴치한처럼 등장하는 아빠와 자신이 너무 싫어 정연의 목소리가 높아진 것이다. 사장은 정연이 일도 제대로 하지 않고 돈만 밝힌다는 걸 그런 식으로 말하는 것 같았다. 가서가 담긴 봉두가 정언에게도 주어졌다. 사장의 이름과 사인이 들어간 약속어음이었다. 밀린 임금을 한 달 안에 완불하겠다는 내용이었다.

"이게 끝인가요?"

강제성이 하나도 없는 종잇조각을 받아들고 또 한없이 기다려야 하다니…. 기대감보다 온몸의 힘이 쭉 빠지는 것 같았다.

"물의를 일으켜 죄송합니다. 그럼 수고하십시오."

사장은 각서를 접어 뒷주머니에 넣고 먼저 사무실을 나갔다. 올 때처럼 가볍게 묵례만 했다. 또각또각 구둣발 소리가 멀어져 가는데 종잇조각이 무슨 소용인가 싶었다. 붉은 머리카락이 솟아올랐다.

"정연 학생, 우리가 해줄 수 있는 일은 여기까지야. 더 강력한 걸 원한다면 법적인 절차를 밟고 형사고발을 해야 해. 그건 여러 가지 비용도 따로 들고 지금 학업이나 일상생활을 다 젖혀두고 해야 하니 조금만 더 기다리는 편이 나을 것 같아."

"기다려, 기다려! 말도 안 돼요. 한여름에도 돈 아깝다고 에어컨 온도를 27도에 맞춰놓고, 한두 시간만 더 일하게 해달라고 부탁을 하면서도 지각한 건 늘 수당에서 제하곤 했어요. 영준이는 짐을 나르다가 허리를 삐끗해서 아직도 잘 못 쓰고 있어요. 그래도 병원을 가라거나 약 사 먹으라는 말도 안 하는 사람이에요."

"영준이가 누구야?"

"같이 일하는 편돌이요."

"그래서 정연 양은 뭘 원하는 거지?"

"몰라서 물어보시는 거예요? 저는 파렴치한이 아니에요. 법정 시급에 못 미치는 건 계약할 때 말했던 거니 어쩔 수 없다 해도 제가 일한 대가는 제대로 받고 싶을 뿐이라고요."

"주겠다고 하는데 더 뭐라 할 순 없어. 기다려봐야지."

"또 기다리라고요? 받을 수는 있을까요?"

감독관은 뜨악한 표정으로 안경테만 만지작거렸다.

이러고 있을 때가 아니다. 이번에도 못 받으면 정말 다른 방법이 아무것도 없었다.

정연은 짐을 챙길 생각도 못 하고 다급하게 사장 뒤를 쫓아갔다. 로비 계단참에서 기다리고 있던 영준이 하품을 하며 정연을 향해 손을 흔들어보였다. 정연은 사장을 놓칠까 봐 빠르게 뛰었고 영준은 정연 뒤를 따라왔다. 넓고 텅 빈 로비에 두 사람의 발걸음 소리만 크게 들려왔다.

"저기요! 사장님!"

사장은 뒤를 돌아보지 않았다. 잠깐 오른발을 내놓기 전 망설이는 듯 보였으나 그대로 가던 길을 갔다. 회전문이 빙그르르 돌면서 그가 들어갈 공간을 만들어주었다.

"사장님. 잠깐만요."

지나던 사람들이 힐끗거리며 정연을 바라보았다. 그러나 정연은 창피하지 않았다. 문을 통과하기 전 그를 꼭 잡아야 한다는 생각뿐이었다.

"거기 적은 날짜까지 제 월급 주실 거죠? 꼭 주셔야 해요."

말을 뱉고 보니 너무 당연한 말을 애타게 하고 있는 것이었다. 월급을 주겠다는 약속어음 아닌가? 그것도 나라에서 편의점주를 불러 점잖게 타일렀지 않나?

정연은 애타는 마음으로 사장에게 물었다. 회전문을 쥐고 잠깐 서 있던 사장이 휙 뒤를 돌아보았다. 정연을 한동안 빤히 쏘아보는데 비웃음에 가까운 표정이었다. 사장은 뒷주머니에 꽂혀 있던 문서를 꺼냈다.

"이거 말하는 거야?"

"네. 맞아요. 엄마가 아파서 생활비가 없거든요. 알파와 오메가에 취직해서 정말 행복했어요. 미술학원에 갈 수 있다는 꿈을 꿀 수 있었고, 병원에 입원한 엄마의 생활비 걱정을 덜어주었고, 넘어지거나 데일 위험이 없는 일이어서 좋았어요. 그런데, 그런데 사장님. 월급은 주셔야죠. 이렇게 쫓아내고 월급까지 안 주시면 저는 어떡하나요?"

"이따위 종잇조각으로 뭘 어쩌겠다는 거야?"

봉투에서 꺼낸 약속들은 그의 손안에서 북북 찢겼다.

"그걸 찢으면 어떡해요?"

정연의 목소리는 비명에 가까웠다.

"또 고발해. 고발해 보라고. 네가 그 돈을 받을 수 있나 보자."

정연은 날카로운 햇빛에 눈을 찔린 것처럼 그의 눈빛에 질려 고개를 돌려버렸다. 그곳에 영준이 카메라를 들고 서 있었다. 아침잠을 물리치고 온 영준을 보고서야 정연은 정신을 수습했다. 정연의 월급 건으로 앞에 나서는 걸 꺼리던 영준이 따라오기로 한 건 의외였다. 하루 일을 마치고 영준이 유일하게 눈을 붙일 수 있는 오전 시간이고, 이미 여러 차례 정연을 위해 무언가를 해준 후였다.

"영준 오빠, 안 와도 괜찮아."

– 딴소리 할 것 같아. 우리 사장이 편의점주 모임에서도 깡패로 통하거든.

"나쁘다. 다른 애들도 나처럼 이렇게 월급도 못 받고 그만두었어?"

– 두 명 정도. 근데 다 다른 핑계를 대서 탈이 나는 걸 막았어.

"이렇게 악질적인 줄 몰랐어. 이번에도 못 받을 것 같아. 어떡해?"

– 빨간 머리 연! 기운 내. 집중하면 예상과는 다른 일이 일어날 거야.

"예상과는 다른 일이라고?"

– 응. 난 네가 충분한 내용물이 있는 애여서 좋았어. 아이스크림처럼 부드럽지 않아서 좋았어.

"무슨 소리야?"

– 뭔가 불타고 있는 느낌? 네 의지로 뭔가 해낼 것 같았거든.

"안 되는 것도 있어."

– 맞아. 그래서 오빠가 가주겠다는 거 아니냐.

사장과 정연의 대화는 영준의 카메라로 기록될 것이다. 기록된다는 것만으로도 절망으로 떨어지지는 않는 것 같았다.

"애비를 시켜서 쌍욕을 하질 않나, 바쁜 사람 노동부까지 질질 끌고 오질 않나?"

독한 침이 뚝뚝 떨어지는 사장의 날카로운 이빨만 보였다. 정연은 그의 본심을 날 것으로 본 느낌이었다.

그가 북북 찢은 약속어음을 스테인리스 휴지통에 던져 버렸다. 그는 무수한 알바생들의 행동을 알고 있는 것 같았다. 그리고 약속어음이 어떤 강제성도 없는 종잇조각이라는 것도. 그가 거침없이 종이를 찢어버릴 수 있었던 건 다양하게 얻어들은 데이터 덕분이었다. 그는 기둥 뒤쪽에서 아까부터 영상을 돌리고 있는 영준을 발견했다.

"저거 뭐 하는 짓이야. 영준이 놈이잖아?"

사장이 영준을 알아보고 정연을 번갈아 보았다.

"너희 한 패인 거야? 지금 뭐 하고 있는 거냐고?"

그가 영준을 뒤쫓으려 할 때 정연이 그의 앞을 가로막았다.

'카메라마저 빼앗겨선 안 돼.'

정연은 마음속으로 다짐했다.

"카메라로 찍어서 어디다 보내려고?"

정연은 대답하지 않았다. 자신 때문에 영준 또한 위태로워질 것 같아서였다. 사장과 눈이 마주친 영준은 잽싸게 계단 뒤로 돌아 튀어버렸다.

14
영준의 거래

처음 알바를 시작할 때부터 알파와 오메가가 규율 따위 아랑 곳하지 않는 것은 알고 있었다. 영준과 예은이 직접 말해준 것은 아니었으나 최저시급에서 꼭 천 원씩 적게 주면서도 미안해하 는 구석이 전혀 없었다. 고딩을 좋게 쓰는 곳은 없을 거라고 은근 히 정연과 예은을 쪼아댔다. 최저시급을 지키지 않는 곳은 법으 로 제재를 받는다고 하지만 시급 떼먹기는 공공연히 떠도는 비 밀일 뿐이었다. 알바를 구하는 아이들은 넘쳐나고 편의점이 하 루에 수십 개씩 사라지는 마당에 그나마 너희는 운이 좋은 편이 라고 큰소리를 쳤었다.

자영업으로 다양한 꼼수를 알고 있는 사장에게 '약속을 지키 시오.' 정도의 약속어음이 영향을 미칠 수 있을까? 국가로부터 일종의 경고를 받고 그 건물을 나서기도 전, 그는 나이 어린 알바생이 보는 앞에서 문서를 박박 찢어버렸다. 정연은 충격에서 벗어날 수 없었다. 하루에도 수십 번씩 영화 필름이 돌듯 계속 그 장면이 떠올랐다. 회전문 앞에서 문서를 찢는 사장의 모습은 동영상 짤로 마구 돌아다녔다. 영준이 유튜브에 동영상을 올린 탓이었다.

메이 : 헉, 저도 편의점 알바 1년 해봤는데…. 진상 손놈보다 한 수 더 뜨는 사장 놈이네요.ㅠㅠ

얼룩 : 어쩜 좋아요. 진짜 월급 받기 힘드시겠다.

하늘정원 : 위치 알려주세요. 그 편의점 불매운동 들어갑니다. 저 편의점 ○○동에 있는 알파와 오메가인 것 같습니다. 저 분 본 적 있어요.

성후 : 편의점주 얼굴 좀 보여줘요. 아호, 잊을만하면 떠오르는 갑질 마왕 그놈!

하얀 동물병원 : 힘내시라고 구독과 좋아요 꾸욱 눌렀어요. 빨 간 머리 연 님, 팬인데 무슨 방법이 있을 거예요.

달콤마녀 : 옛날 생각 나네요.ㅠㅠ 세상에 쉬운 일은 없어요. 진 짜 짱나! 내가 가서 패주고 싶다!!

에브리데이 : 이게 그 갑질이라는 거죠?

댓글로 별의별 말들이 다 돌았다. 그중엔 응원 메시지도 들어 있었고 불매운동을 하자는 댓글도 100건이 넘었다. SNS가 들끓었지만 반대로 정연은 깊은 우울감에 빠졌다.

당연히 받을 권리가 있다고? 사필귀정이라고? 진실은 반드시 이긴다고? 모두 순진하고 어리석은 소리라는 생각이 들었다. 정연은 억울하고 분한 생각 때문에 어떤 일에도 몰두하기 힘들었다. 간신히 일어나 입시 전에 나갈 미술대회를 골라보았다.

동생이 전화기를 가져다주었다. 전화를 걸어온 것은 예은이었다.

– 연, 요즘 어떻게 지내?

"그렇게 부르지 마. 염색도 다 빠지고 기운도 다 떨어졌어."

– 그럼 쓰나. 불길이 없으면 정연이 아니지.

"매일 학원 가서 죽 때리지. 팔목도 시큰거리고 도화지에 손이 쓸려서 너무 아파."

– 알바비는 받은 거니?

"아니."

– 못 받았는데 어떻게 학원은 다녀?

걱정 어린 예은의 목소리를 듣게 되자 아픔이 흙탕물처럼 다시 살아나는 걸 느꼈다.

"울 엄마 퇴원했잖아. 가게하려고 모은 돈 헐어서 내 학원비 대 주는 거야."

– 정말? 엄마가 널 살렸다 얘.

"…그런 셈이지."

예은의 말이 맞았다. 엄마가 아니었다면 충격과 무력감 때문에 아무 것도 하지 못했을 것이다. 아무리 발버둥 쳐도 현실의 벽은 넘어설 수 없었다.

열아홉 살의 모든 잔머리를 굴려 별의별 방법을 써봐도 튀어오르기는커녕 자꾸자꾸 바닥으로 굴러떨어져 버렸다. 월급을 받아내는 일도, 그림으로 인정받는 일도 다 글러 먹은 것 같았다.

정연이 정신적으로 최악의 상태였을 때 엄마는 육체적으로 고통을 받고 있었다. 엄마가 자궁을 들어내는 수술을 무사히 끝내고 병실로 돌아오던 날 정연은 편순이 생활을 접어야 했다. 수술이 잘 되어 생활에 지장은 없다고 했지만 엄마의 텅 빈 자궁을 생각하면 미안함과 아쉬움이 함께 밀려 들었다. 조금 더 늦었다면 목숨마저 위태로웠을 엄마의 자리. 이전에는 한 번도 미안함 따윈 느껴본 적이 없었다. 약국에서 약을 타는데 엄마라는 말 대신 희로애락을 가진 김영숙이라는 이름이 봉지에 쓰여 있는 걸 보았다.

김영숙 씨는 정연이 중학교를 다니던 무렵부터 지긋지긋한 월급쟁이 생활에서 벗어나겠다고 노래를 부르던 사람이었다. 불규칙한 아빠의 벌이 때문에 일을 놓을 수가 없었다고 한다. 옷 태가 나는 몸매를 가진 영숙 씨는 예쁜 옷을 고를 줄 알았고 그 감각을 살려 옷가게를 차리겠다는 꿈을 꾸게 되었다.

병실을 썼던 할머니 한 분이 돌아가시면서 김영숙 씨는 가족에 대해 많은 생각을 했다고 말했다. 욕망을 꽉꽉 채우며 사는 것은 어려운 일이라는 것을, 어쩌면 살려고 꾸는 그 욕망이 죽음을 자초하는 일일지도 모른다른 것을, 김영숙 씨는 마취에서 깨어나자 늘 머리를 빨갛게 물들이고 다니는 자신의 맏딸 양정연에게 물었다.

"그림이 좋니?"

"어."

"엄마 아빠가 도와주지 못하는데도 계속 그릴 거야?"

"할 수 없지 뭐."

"어릴 때부터 준비한 애들이 천지인데 넌 아무 준비도 안 했잖아?"

"어떤 게 준비인데? 난 계속 좋아하고 그림을 그려왔어."

정연은 에코 백을 바라보며 울컥해서 말을 멈췄다.

"네 그림을 대학에서 안 받아줘도 계속 그릴 거야?

"그래도 방법을 찾아볼 거야."

"그렇게 좋아하는 일인 줄 몰랐어. 엄마한테 울고불고 매달리지 그랬니? 애먼 데 가서 고생 많았네."

영숙 씨의 마른 입술에서 피가 배어 나왔다. 수술 후 마취에서 깨어난 영숙 씨가 처음 눈을 떴을 때 정연과 동생은 오열했다. 자매는 김영숙 씨를 '엄마'라고만 알고 있었고 더 내주지 않는다고 투덜거렸다. 김영숙이라는 이름이 너무 낯설고 미안하고 슬펐다.

엄마는 퇴원한 후 다시 재봉틀을 돌리러 나가겠다고 말했다. 엄마가 욕망을 내려놓고 물러나지 않았다면 정연의 욕망 또한 송두리째 깨지고 말았을 것이다. 그후의 상실감은 어떠했을지 생각만 해도 막막했다.

– 그나마 다행이다. 빨간 머리 연에게도 후원자가 있었던 거 잖아.

"근데 맘이 편치 않아.

– 착한 딸이라서 그러지. 참, 오늘 경찰관들이 영준이 데리고 갔다. 절도범으로 사장이 신고했대.

"뭐?"

결국, 올 것이 온 건가? 주먹이 가슴 한쪽으로 훅 들어온 느낌이었다. 영준만은 자신과 달리 요리조리 잘 피할 줄 알았는데 그날 정연과 동행했던 게 사장에게 걸리면서 터진 일이었다. 정연은 예은에게 다시 물었다.

"어디로 갔어?"

– ○○파출소.

"아, 어쩜 좋아."

– 난 소름이 돋더라. 영준이가 도둑질을 하고 있었다는 것도. 그걸 신고하는 사장도.

159

예은은 영준이 그런 행동을 했다는 걸 전혀 모르고 있었던 모양이었다.

– 넌 영준이 도둑질하는 거 알고 있었니?

수화기 넘어 흥분한 예은의 숨소리가 날아왔다.

"응."

– 속없는 앤 줄 알았더니. 고영준 진짜 의뭉스럽네.

"그렇게 월급을 못 받고 가만히 있는 게 더 이상하지, 뭘."

– 암튼 사장 부부도 예전부터 알고 있었나 봐. 널 도우려 한 걸 알고 바로 신고한 거 같아.

"가봐야겠어."

정연은 급히 점퍼를 찾아 걸쳤다.

– 그러지 마. 우리 엄마 친구라 중간에서 누구를 도와줄 수 없어. 너도 알고만 있어. 거길 뭐 하러 가? 너까지 개입하면 사장이 거품 물고 덤빌 거야.

"영준이가 혼자 얼마나 휘둘리겠니? 사장이 단순 절도범으로 몰아 벌금을 물게 하거나 학교로 보낼 거야.

– 학교?

"감옥 말이야."

– 설마? 그렇게 잔인한 짓이야 하겠니?

예은은 혀를 차고 다시 말했다.

"영준이도 할 말이 많을 텐데, 그치?"

오랫동안 편의점에서 일한 예은도 영준의 심정을 이해하고 있는 것 같았다.

"내 말이. 그러니까 가서 거들어줘야지."

정연은 목소리를 높였다.

– 너까지 가서 얽히지 말고 그냥 있어! 공범으로 몰아 너도 집어넣을 수 있어.

"너희 엄마한테 사장이 그렇게 말했다니? 넣으라 해. 난 떳떳해. 그리고 난 영준이한테 빚진 게 몇 번 있다고. 그 위험 속에서도 영상을 찍어줬는데 이 정돈 해줘야 할 것 같아."

"너희 둘 다 고생하는데… 난 못 간다. 미안해."

정연은 예은의 말이 서운하거나 밉지 않았다. 예은의 사과가 양심에서 우러나온 것처럼 느껴졌기 때문이었다.

영준에게 가려고 아파트 문을 나서다가 정연은 우편함에 꽂힌 우편물을 보았다. 한쪽 귀퉁이를 내놓고 있는 봉투는 행정용인 게 분명했다. 정연은 살금살금 다가가서 편지를 뽑아 보았다. 겉봉에는 월급 지급 확인서라는 글씨가 견고딕체로 쓰여 있었다.

'월급, 월급 지급? 월급이 지급되었다고?'

정연은 편지를 만져보고 털어보고 집으로 돌아가 소파에 누워 있는 동생에게 다시 읽어달라고 말했다. 노동부에서 먼저 밀린 월급을 챙겨주고 편의점 사장에게 벌금 형식으로 나눠서 받는다는 안내문이었다. 그렇게 시간을 질질 끌며 애를 태우던 월급이 생각지도 못한 때에 낯선 손님처럼 찾아왔다. 정연은 4층으로 날아가는 신문을 바라보는 심정이었다. 월급이 찍혔다는 소식에 정연보다 동생이 먼저 환호성을 질렀다.

당근당근. 욜로족 추장이다. 어쩐 일인가? 정연은 경찰서에 가 있는 영준 대신 타투 보이가 올린 거라고 짐작했다.

어디서 물건을 확보했는지 모르겠으나 싸고 깔끔한 운동화들이 일목요연하게 정리되어 있었다. 욜로족 추장의 물건에는 대기자들이 몰려 있었다.

여러분, 상단에서 우측 순으로 봐주시면 됩니다.

나*키 컨버스 조던 반스 써 코니 아파 파리 등 신발 다수 판매 250-280치수 팝니다.

1. 나*키 코르테즈 흰빨 270사이즈-3.4

2. 나*키 에어 허라취 런 그레이 270사이즈-5.4

3. 나*키 에어 맥스 97 울트라 메탈릭 골드 270치수-10.4

4. 나*키 우면서 포르셰 LD1000 도트 프린트 285치수(우먼이 시라 275치수 정도로 작게 나옵니다)-8.4

5. 나*키 포르셰란 오븐 레더 검 흰 270치수-6.4

6. 나*키 테니스 클래식 AC에 더 검 흰 270치수-5.4

7. 나*키 코르테스 흰 남 270치수-5.4

8. 나*키 포르셰 250 사이즈-6.4

9. 나*키 된장 270 사이즈-6.4

10. 나*키 포르셰 250치수-6.4

11. 나*키 킬 샷 빈티지 다크 남색 270치수-4.4

12. 나*키 에어모나크 4트 리플 블랙 275치수-5.4

13. 나*키 자유 허라지 마징가 270치수-5.4

14. 나*키 풋 일정이 실 오븐 디저트 축하 265치수-6.4

15. 컨버스 로우 레더 카멜 JP 크게 나온 260치수-7.4

16. 컨버스 잭 퍼셀 카모플라주 260치수-3.4

17. 반스 램 핀 베이지 블랙 265치수-2.4

18. 나파피리 레더 스니커즈 280사이즈-13.4

19. 나*키 조던 퓨처 트리플블랙 275사이즈 박스 나코탭 슈트
리 종이 신발 풀 박 실착 2회 극미중고-11.4

20. 컨버스 하이 데저트카모 260사이즈-3.4

모든 신발 세탁 완료했으며 물건 받고 바로 신어도 무방합니다. 중고라 해도 사용감 외에 착용상 하자는 크게 없습니다.

모든 신발 중고 제품 특성상 반품 환불 불가하니 신중하게 거래 부탁드리며 직거래는 ○○동주민센터 앞. 그 외에는 택배 거래만 합니다.

상세 문의 또는 추가 사진은 연락해주시면 설명해드리고 사진

다양하게 첨부해드립니다. 연락주세요.

- 욜로족 추장

당근마켓의 욜로족 추장은 타고난 장사꾼이었던 거다. 정연은 올라와 있는 운동화들을 들여다보며 영준을 향해 발걸음을 옮겼다.

오늘도 저녁 햇살은 자꾸 정연의 양쪽 눈을 찔러댔다. 정연은 지는 햇빛이 가장 날카롭다고 생각했다. 빛 자체가 선명하지는 않지만, 칼날을 숨기고 있는 듯 날카롭다. 편의점 안의 세상도 마찬가지였다. 환한 불빛, 잘 정돈된 매장 안쪽에 욕망과 욕망이 얽히고 설켜 있다. 날이 퍼렇게 세워져 있는 지점－사모와 영준이 멈추어 서 있던 지점.

정연은 실눈을 뜨고 파출소 문을 열었다. 파출소 문 안쪽에 보이는 사람은 영준과 사장, 사모였다. 두 명의 경찰이 그들을 에워싸고 있었고 한 명이 민원 창구에서 업무를 보다가 문 밖 정연을 발견하고는 문 쪽으로 다가왔다.

"무슨 일로 오셨습니까?"

"저 알바생 쪽 증인으로 말할 게 있어서요."

"그렇지 않아도 우리가 증인 신청을 하려 했는데 잘 됐네요. 신고자가 워낙 완고해서요. 진술 끝나면 부를테니 잠깐만 창구 앞에 앉아계세요."

"예."

순경 한 명이 영준이 하는 말을 받아 컴퓨터에 입력하고 있었다. 그 옆에 앉아 있는 사장은 영준이 한마디 할 때마다 계속 화면을 손가락질하며 팩트 체크를 해대고 있었다. 창구와는 떨어진 곳이었으나 모두의 시선이 한 곳으로 쏠려 있었다.

문을 열고 들어선 정연은 영준을 중심으로 몰려서 있는 사람들을 계속 주시했고, 사람들은 일제히 정연에게 시선을 보냈다.

"아니, 쟤가 여길 왜 왔대?"

팔짱을 낀 사모가 싸늘하게 외쳤다.

정연은 영준 곁으로 가지 못하고 민원 창구 앞에 앉았다.

"또 뒤집어엎으려나 보네. 나쁜 계집애!"

사모와 사장이 곱지 않은 시선을 보냈다.

"설마 여기에서도 그런다고?"

자기 편이라곤 한 명도 없는 곳에 고개를 숙인 채 기죽어 있는 영준의 옆모습이 보였다. 정연을 알아보고 머리를 긁적이긴 했으나 웃음기가 걷힌 그의 모습은 낯설기 짝이 없었다. 평소에 여유 있어 보이는 표정은 어디에서도 찾을 수 없었다. 정연이 자꾸 쳐다보아도, 손을 뻗어 흔들어도 소용이 없었다.

"여기 같이 근무했던 알바생이라는데요."

정연 곁에 서 있던 순경이 말했다.

"믿고 맡겼는데 올해는 마가 끼었는지 알바들이 다 미쳐 돌아간다니까요."

한탄하는 사장의 목소리만 크게 들려왔다.

"젊은 애들은 전혀 도덕 개념이 없어요. 빼돌린 게 한둘이 아니네요. 사장님 세대하고는 달라요."

옆에 서 있던 경찰들도 혀를 찼다.

"오도 가도 못하는 것을 우리 가게에서 2년을 넘게 데리고 있었어요. 난 가족처럼 생각했는데 그동안 몹쓸 짓을 하고 있었던 거네요?"

"그런데 전혀 눈치를 못 채셨어요? 왜 하필 이번에 연락하신 건가요?"

"이상한 동영상을 찍어 유튜브에 올렸더라고요. 온갖 정이 다 떨어지더라고요."

사장과 다섯 발자국 정도 떨어진 곳에 있었지만 영준의 목소리는 잘 들리지 않았다. 정연은 나직나직한 영준의 목소리를 놓치지 않으려고 귀를 기울였다. 들릴 듯 말 듯한 영준의 목소리가 조금씩 선명해지는 것 같았다. 정연이 새롭게 알게 된 건 영준의 가족사였다. 아버지와 새엄마 때문에 가출한 것. 가끔 편의점으로 영준을 찾아오는 사람이 아버지였다. 지난번 브이로그에 올린 게 사실이었던 모양이었다.

그 순간, 오피스걸이 영준에게 보내던 경멸의 표정이 떠올랐다. 평범한 사람으로서 견디기 어려운 상황이었을 것 같았다. 사장의 눈빛도 그러했다.

"그냥 넘어가지 않을 겁니다. 아, 혈압 올라. 2년 동안 이 새끼가 빼돌린 물건이 얼마나 많겠어요? 안 그래요?"

감정이 격앙된 편의점 사장은 영준을 당장 구속해 달라고 했다.

'영준아, 왜 가만히 있는 거야? 같이 소릴 질러야지. 월급을 안 줬기 때문에 그랬다고 하란 말이야.'

정연은 마음속에서 부글거리며 올라오는 온갖 말을 참으려고 이를 악물었다. 월급 얘긴 쏙 빠진 채 목소리 큰 사장이 떠드는 대로 영준은 비행 청소년이 되어가고 있는 상태였다. 영준의 말을 받아적던 경찰은 서로 좋은 쪽으로 타협을 하라고 중재안을 내놓았다. 사장은 어림없다는 표정으로 영준을 노려보았다.

그때 영준이 알파와 오메가 점퍼 호주머니에서 너덜너덜한 쪽지를 꺼냈다. 한 장을 책상 위에 내려놓자 사람들의 시선이 모두 그쪽으로 향했다. 영준은 벌떡 일어나 나머지 한 장을 정연 쪽으로 날렸다. 종이비행기처럼 날아오는 쪽지를 정연은 얼른 뛰어가 펴들었다.

그동안 편의점에서 빼돌린 제품 목록이었다. 당근마켓에서 정연에게 팔았던 손풍기, 맥주 박스, 심지어 분유 등도 빼곡히 적혀 있었다. 마치 작정을 하고 훔쳤던 것처럼. 날짜와 가격도 정자체로 꼼꼼히 적혀 있었다. 글자들이 단정하기 이를 데 없었다. 그레이, 균형 잡힌 그레이. 애는 이렇게 계산을 하고 있었구나.

정연은 글자들이 손에 손 잡고 앞뒤 면을 뒤덮고 있는 걸 뚫어지게 바라보았다. 영준이 어떤 사람인가 알 수 있었다. 욜로족 추장은 꼼꼼하고 치밀한 사람이었다. 그는 정연처럼 직접 돌격하는 스타일이 아니었다. 하지만 의지를 내면화해서 행동으로 주장하고 있던 셈이었다.

사장 부부에게 달려들어 악이라도 써야겠다고 생각했던 정연은 마음을 고쳐먹었다. 자신이 경찰과 사장 부부를 상대로 영준에게 힘을 보탤 수 없을 것 같았다. 밀린 월급은 명백했고, 최저시급과 주휴 수당도 제대로 쳐주지 않은 것 또한 확실했다. 이렇게 꼼꼼히 줄 것과 받을 것을 계산하고 있는 영준에게 사장이 함부로 갑질을 할 수는 없을 것이기 때문이었다.

그날 저녁 '빨간 머리 연 브이로그'는 설전의 장이었다. 정연이 공개한 영준의 절도 목록은 영준의 밀린 월급에는 턱없이 모자라는 액수였지만 종류가 340가지나 되고 가격도 100만 원이 넘는 액수였다. 편의점주 입장에서 보면 혈압이 오를 만했다. 그런데 과연 사장은 영준의 절도 행위를 감쪽같이 모르고 있었을까? 유명 브랜드는 아니지만 아주 허술하게 운영되는 허접한 편의점은 아니다. 사장은 그렇다 쳐도 사모는 잇속에 예민한 사람으로 음료수 하나 그냥 주는 법이 없었다.

영준의 목록을 보니 이들 부부가 외국으로 여행을 떠나는 날에 물건 빼돌리기가 있었다. 나흘 동안 스무 건이 넘게 훔친 걸

주목하는 댓글도 있었다. 그런데 야금야금 밀린 월급은 230만 원이었다. 댓글의 대부분은 영준의 입장을 두둔하고 월급을 밀린 점주에 대한 비난이 많았으나 의외로 도둑질이라는 행동에 거부감을 드러내는 사람도 많았다.

KEY: 함부로 구속하지는 못할 거예요. 근본적인 잘못은 점주에게 있는 것 같습니다.

바람의 전설: 와, 2년 동안 편의점 노예로 살았네요. 님, 대단하심. 물건 빼돌리지 않았음 화병으로 디지셨을 듯.

비타민: 그래도 도둑질은 안 됩니다. 도덕적으로 비난받을 짓을 하면 명분도 죽어버리는 법이에요.

일등 바보: 님은 더하셨을 듯. 월급 못 받는 게 얼마나 스트레스인지 아십니까?

타이 푸푸: 요즘은 노무 상담하는 곳이 많더라고요. 알바 사이트에도 다 설치되어 있어요. 제발 개인적으로 풀려고 하지 마시고 사회적으로 공론화하세요.

아나콘다: 일단 점주가 기본이 안 된 사람입니다. 불매운동으로 보내버려야 합니다.

정연은 의자를 뒤로 젖히고 상상해 본다. 편의점이라는 커다란 냉장고를. 그곳에 있는 물건들은 자신이 쓸 수 있는 소비재가 아니었다. 오히려 자신이 그 물건들 중의 하나였던 것이다. 적어도 사장에겐 그러했던 것 같다. 타협은 없다고 고집을 부리는 사장을 돌아서게 만든 것은 정연의 제안이었다. 자신과 영준이 올린 편의점 동영상을 다 내리겠다고 했다. 먹힐 것 같지 않던 딜이 드디어 사장과 사모를 건드린 것이다. 장사에 직접 영향을 미칠 요소였으므로 사장의 태도가 확 바뀌었다.

"좋아. 내가 이 새끼 도둑질을 눈 감아 주는 대신 너희도 편의점에서 올렸던 동영상들 싹 다 내려."

그러겠다고 말했다. 영준에게 신세진 걸 생각하면 동영상 내리는 게 못할 일은 아닌 것이다.

정연은 마지막 동영상부터 하나씩 유튜브에 올려진 동영상과 관련 댓글을 들여다본다. 영준과 만나고 그를 이해하게 되는 모든 과정이 오롯이 들어 있었다. 조회수가 4만 명을 넘은 것도 있었다. 하나씩 다른 동영상 뒤편으로 삭제 버튼을 눌렀다. 상처에 붙어 있는 딱지들이 떨어지는 느낌이었다. 알알하고 쓰렸다.

15
피딴 편의점으로 오세요

　여러분, 방가. 빨간 머리 연이 돌아왔어요. 입학식을 끝내고 정신이 없었답니다. 지금 이곳은 편의점의 왕국인 일본. 도쿄공항에 방금 도착했습니다. 지금은 자정을 조금 넘은 시각인데요. 작년 Y 님과 함께 콜라보로 브이로그를 찍었던 거 기억하시죠? 유통업계의 새별이 되신 Y 님과 그 후원자이신 아버님, 알파와 오메가의 새 주인이 되신 거 축하드리고요. 열심히 하셔서 아버님의 퇴직금이 탈탈 털리는 일이 없도록 하시기 바랍니다.

　저는 욜로족 추장 Y 님의 옛 동료로 이 여행에 참여하게 되었답니다. 이곳엔 약간의 안개가 끼어 있습니다. 끼어 있다기보다는 흐르고 있는 느낌인데요. 그 와중에도 편의점 간판은 환하고 선명하게 보이네요. 간판이 왜 이렇게 큰가요? 편의점의 왕국답습니다. 오늘 브이로그 제목은 '편의점 왕국 일본을 가다'입니다.

구독과 좋아요 잊지 마세용.

Y: 빨머연님, 축하 감사합니다. 걱정보다는 기대가 더 많지 않나요? 제가 쫌 유능하거든요.

빨간 머리 연: 호올. 자신감 쩌는데요. Y 님이 점주가 되는데 제가 힘을 실어드린 거 잘 아시죠? 남다른 끼를 가지셨기 때문에 제가 노력 많이 했답니다. 지금 우리나라는 한 집 건너 한 집이 편의점인데 잘하셔야 합니다.

Y: 그렇습니다. 제가 유통업에 관통한 꽤 괜찮은 젊은이 아닙니까? 이 괜찮음으로 한번 승부를 걸어보겠습니다.

빨간 머리 연: 저, 이런 거 아주 좋아해요. 저도 회화과 다 떨어지고 분장학과라는 신설학과에 합격했는데요. 미술에 대한 미련보다 요즘 막 기대가 되고 뭔가 준비를 하고 싶더라고요. 이거 좋은 징조 아닙니까? 자, 이제 세븐일레븐이라는 일본의 대표 편의점에 들어가 보도록 하겠습니다. 지금은 밤 12시 30분. 역 주변이라 깊은 밤이라는 시간이 무색하게 손님이 많습니다. 3톤짜리 푸드트럭에서 여덟 개 정도의 편의점 음식 박스가 쏟아져 나옵니다. 삼각김밥부터 어묵탕까지 종류도 다양하네요. 어묵탕 맛있겠다. 그죠?

Y: 그렇습니다. 매장 규모나 음식량이 우리 편의점의 세 배 정도 유통되는 거죠.

입장합니다. 전투 준비하세요.

빨간 머리 연: 무슨 전투 준비야? Y 님 먹이를 찾아 어슬렁거리는 하이에나처럼 매장을 배회하고 있습니다. 자체 브랜드 컵라면이 10개가 넘습니다. 와, 규모가 장난 아니네요. 와인도 대부분 PB가 찍혀 있어요.

Y: 다 봤어? 편돌이 세 명이 늘 움직이며 매장을 정리해 전체적으로 깔끔하고 종류가 다양해 무언가를 사지 않더라도 들어와 보고 싶은 생각이 드는데.

빨간 머리 연: 우리보다 커피 제품은 적은 편입니다. 하지만 시장에서 파는 튀김, 닭꼬치, 핫바 등 먹음직스러운 거리표 음식들이 깔끔하게 진열되어 있어 후각과 미각을 뒤흔들어 놓고 있네요. Y 님 하나 맛보고 가실까요?

Y: 넹.

(영준 핫바를 둥근 컵에 담아 계산한다. 전자레인지에 돌리고 한 입 정연에게 먹여준다. 카메라 뒤편에서 맛있다는 정연의 말이 나온다. 카메라를 바라보며 한 입 베어 물고 띠용 하는 영준. 두 입 물고 막춤을 춘다. 눈을 깜빡이며 막춤 춘다. 4배속으로 틀어 막춤은 더 경박스럽고 우스꽝스럽다.)

빨간 머리 연: 물건 하나하나에 가격표가 다 붙어 있고 그게 모두 정확한 것 같습니다. 그렇게 가격표를 붙이는 것도 보통 일이 아닐 텐데요.

Y: 그렇죠. 편의점도 이렇게 프로페셔널 해야 한다는 거예요. 그러려면 뭐가 필요한 줄 아세요?

빨간 머리 연: 뭘까요? 저는 편순이를 그만둔 지 오래되어서 잘 모르겠네요.

Y: 일단 점포 수를 줄여야 해. 그래야 직원을 조금 더 쓰고 투자를 할 수 있어요. 하나하나 뜯어서 안을 들여다보면 점포 사이즈와 점포 사이의 거리를 지켜야 해요. 이런 형태로 우리나라에 들어올 수 없는 거지. 이건 민간인들이 건드릴 수 없는 문제야.

빨간 머리 연: 아이고, 참 어려운 쪽으로 말이 흘러가네요.

Y: 죄송! 자 다른 편의점으로 이동해봅시다.

*

아빠 팔짱을 끼고 걷는 영준의 보폭이 커졌다. 알파와 오메가 편의점 로고가 찍힌 점퍼를 걸친 그의 뒷모습이 렌즈에 가득 들어왔다. 카메라를 들고 영준을 따라가던 정연은 영준이 그 어느 때보다 꼭 맞는 옷을 입었다고 느꼈다. 흐릿하게 떠돌아다니던 도쿄의 안개가 서서히 걷히기 시작했다.

편순이 알바 보고서

초판 1쇄 발행 2019년 9월 30일
초판 4쇄 발행 2022년 10월 12일

지은이 박윤우
펴낸곳 글라이더 **펴낸이** 박정화
편집 이정호 **디자인** 디자인뷰 **마케팅** 임호

등록 2012년 3월 28일(제2012-000066호)
주소 경기도 고양시 덕양구 화중로 130번길 14(아성프라자 504)
전화 070)4685-5799 **팩스** 0303)0949-5799 **전자우편** gliderbooks@hanmail.net
블로그 http://gliderbook.blog.me/
ISBN 979-11-7041-008-9 43810

이 도서의 국립중앙도서관 출판예정도서목록(CIP)은 서지정보유통지원시스템
홈페이지(http://seoji.nl.go.kr)와 국가자료공동목록시스템(http://www.nl.go.kr/
kolisnet)에서 이용하실 수 있습니다.(CIP제어번호: CIP2019035304)

글라이더는 독자 여러분의 참신한 아이디어와 원고를 설레는 마음으로 기다리고 있습니다.
gliderbooks@hanmail.net으로 기획의도와 개요를 보내 주세요. 꿈은 이루어집니다.